JN213786

双極性障害（躁うつ病）の私のつぶやき

稲田 聖子
INADA Shoko

文芸社

双極性障害（躁うつ病）の私のつぶやき ◆◇◆ 目次

はじめに

双極性障害（躁うつ病）になって、もう20年以上になる。

その間に起こった出来事は、想像を絶する。

こうも、人間を変えてしまうのかと驚くと共に、辛かったことを思い出す。

でも、今はこうして冷静になって書くことが出来るくらいに回復した。

今病気と闘っている人、その家族や友人、そしてこの病気のことを何も知らない人がいる。

だから私は、自分の経験を知ってほしいと思う。

そして、何らかの病気の解決の手掛かりにしてほしいと思う。また、この病気を知らない人に知ってほしいと思う。それは、いつ当事者になるかも分からないから。

この本を読んで、こんな人もいるんだな、と気付いてくれたら嬉しい。

そして、いつの日か、健常者の人たちに理解される日が来ることを願う。

第一章　病気になる

その1　第一子（産後躁病）

妊娠が確認されたのは、2月も終わり頃だっただろうか。結婚してから1年以上は経っていた。

なかなか子どもが出来ないことを悩んでいた私にとっては、涙が出るくらいに嬉しかった。

妊娠したことを夫に告げると、彼も喜んでくれた。ホッとした。

次に、双方の実家へと報告をした。共に喜んでくれた。妹や友人たちにも連絡をした。

皆、「おめでとう」と言ってくれた。

私は、まだ見ぬ赤ちゃんを思って楽しみにしていた。

私は働いていたので、職場にも報告をした。

上司も快く思って喜んでくれた。そうして、私の体を心配してくださった。お産は病気ではないが、産前産後の肥立ちが良くないと丈夫な子は産めない。なので、早朝の時差勤務があったが、外してくださった。

当時は、産後休暇は1年しか取れなかった。

しかし私は、夫にも産後休暇を取ってほしかったので、10か月で復帰するよう夫と約束をした。

そうして、残りの2か月を夫に取ってもらうように手続きを取った。

妊娠初期と呼ばれる、流産を起こしやすい時期は、慎重に過ごした。

妊娠2か月から4か月くらいだったか。

まだ、お腹はそう目立って大きくなく、普通の服で十分だった。

しかし、お酒は断った。ちょうどお花見の時期に、職場で歓送迎会が大々的に行われた。

人事異動をする人や、新卒の方の歓送迎会だった。

その時にお酒を勧められたが、1滴も飲まなかった。

なので、職場内で私が妊娠しているらしいと噂になった。

まだ内緒にしていたので、公になることを少し恐れた。

安定期に入って、お腹も少し大きくなってマタニティー・ウェアを着ないといけなくなってからは、さすがに秘密には出来なくなっていた。

私は、職場の人たちに妊娠していることを公表した。

すると、みんな「おめでとう」と言ってくれた。そして、仕事の分担も減らしてくれた。

有り難かった。

そんな中、赤ちゃんが産まれたら必要になるものを揃えたり、母親学級に参加したりと、
日々忙しく過ぎていった。

経過は順調で、エコーで見る赤ちゃんの姿もだんだんと人らしくなっていった。どうやら女の子らしかった。夫が、もう名前を考えてくれていた。あとは、いつ産まれるかを待つばかりとなった。


出産予定日は11月の中旬だった。

産前の妊娠後期に入ったので、私は産前休暇を取り職場を後にした。

産後は実家で過ごすことになっていたので、私の荷物を実家に運んだりした。

実家も少しリフォームした。

夫の父が建具屋さんだったので、そちらにおまかせした。

雨戸を頑丈なものに取り換えたり、２階へ行く階段に手すりを付けたりしてもらった。

そうして、ベビーベッドを2階へと設置した。私と赤ちゃんは、基本的に2階で過ごすことにした。

しかし、11月の中旬の予定日になっても、私には何の兆しも訪れなかった。そうこうしているうちに、もう12月になってしまった。

産婦人科へ健診に訪れた時に、担当の先生からこう仰せつかった。

「もう、予定日を2週間近く過ぎています。母体にも赤ちゃんにも危険なので、明日入院してください。出産の準備をして、明日来院してください」と。

私は先生に聞いた。

「本当に、明日陣痛が起こるのでしょうか？」

すると、先生はこうおっしゃった。

「大丈夫ですよ。赤ちゃんは、ちゃんと自分がいつ生まれなければならないかを知っていますから」

それを聞いて、半信半疑になったことは言うまでもない。

病院から帰ると、実家の両親と夫に、先生の言われたことを伝えた。

そして、今日が最後の晩餐とばかりに4人で寿司をパクついていた。

と、そんな時に急にお腹が痛くなってきた。

夜の7時ごろだったか。

食事も途中で、慌てて夫の運転する車の助手席に乗って病院へと急いだ。その時のお腹の痛さは尋常ではなかった。


病院へ着いても、すぐには分娩台には移されず、待機室のような所へと案内された。

3つあるベッドの上に寝かされて、子宮口が10センチ開くまで待つようにと言われた。

ベッドはカーテンで仕切られていた。

なので、隣の人の姿は見えないが、声だけは聞こえた。

私は一人、持ち込んだカセットテープをラジカセで聞いていた。もう12月だったので、クリスマスソングをたくさん入れたカセットだった。

すると、夫がカーテンを開けて入って来た。

手に何か飲み物を持っていた。私の母からもらったらしい。喉が渇いていたので有り難かった。

夜も更けてきた。すると、隣のカーテンの向こうから女性の声が聞こえてきた。

どうやら産気付いたらしかった。

慌ただしく看護師さんがやって来て、処置室のほうへと連れて行かれた。

しかし、相変わらず私には何の兆しも見られなかった。

とうとう朝になってしまった。

朝の6時ごろ、私は呼ばれて、待機室から処置室へと行った。そこで、子宮口が何センチ開いているのかを調べるのだった。

看護師さんが、私の体を見て、こう言った。

「そろそろ10センチ開いてきたようなので、分娩台のほうへご案内します」

私は、案内されるがまま、分娩室へと向かった。

一緒に夫にも付いてきてもらった。

そして、分娩台に乗った横で手を握ってもらった。

いよいよ、赤ちゃんがお腹の中から出てくるのだった。

その頃、夜勤の時間帯の看護師さんから日勤の看護師さんへと引き継がれた。

担当の先生もやって来た。

私の陣痛は、少しずつであるが、痛みを増していたし、その間隔も短くなっていた。

しかし、どうやら微弱陣痛らしかった。

なので、先生の指示で陣痛促進剤を点滴することになった。

点滴を始めると、だんだん、お腹の痛みが激しくなってきて、息をするのも苦しくなってきた。

そばで手を握っていてくれていた夫が、呼吸法を唱えてくれた。

私はそれに従って息をした。

「はい、力んで」

看護師さんの声がした。

私は力いっぱいお腹に力を入れた。

それを何回か繰り返したら、ようやく赤ちゃんが誕生した。もう、お昼になっていた。

「おめでとうございます。お母さん」

と言われ、私は嬉しさ半分、とまどい半分だった。これから我が子を育てていかなければいけない責任を強く感じていた。

スタッフに抱かれた赤ちゃんと夫は、別の部屋へと出て行った。

私は昨晩から何も食べていなかったので、その日の昼食を部屋で食べるように案内された。その部屋は2人部屋だった。

部屋の奥のベッドに、経産婦さんとみられる人がいた。

その人は、携帯電話で誰かとしゃべっていた。

「暇だから、遊びに来ない？」などと言っていた。

私は、もう、ぐったりとしていた。産後の疲れと、寝ていなかった疲れが出ていた。

産婦人科の病院には、あまりお祝いに来ないでほしかったが、夫の友人や、義理の両親やらが訪れた。

私は、ゆっくりする暇がなかった。

おまけに、赤ちゃんの授乳は2時間おきにしなくてはならなかった。夜中に行われる慣れない授乳は、私には辛かった。

それに加えて、同室の経産婦さんがうるさかった。そのせいで、やはりゆっくり出来なかった。眠れない日々が続いた。

病院のスタッフさんにそのことを話すと、私の部屋を替えてくれた。1人部屋だったが、そこは元々診察に使われていた部屋だった。

なので、やはり眠りにくかった。

そう言うと、また、部屋を替えてはくれた。しかし、その部屋は、隣のベッドに入院してきた女性が帝王切開をすることになっていた。

彼女が隣で、お母さんとみられる人と何かしゃべっている声が聞こえた。

これから行われる手術に不安そうだった。

私は、ゆっくり寝たかったが、隣の話がうるさくてやはり眠れなかった。

私は、入院してから熟睡出来たためしが1日たりともなかった。

そうこうしているうちに、退院の日を迎えた。私と赤ちゃんを迎えに、夫がやって来た。

次は1週間後に、病院に様子を見せに来ることになっていた。

私は、ようやく実家でゆっくり出来ると思っていた。しかし、現実はそうはならなかった。実家に帰っても、よく眠れなかったのである。そして、行動も変だった。

朝早くから布団をたたんで活動した。

普通の人なら、赤ちゃんと一緒に寝たり起きたりするようだった。しかし、私はゆっくり布団に入っておらず、やたらしゃべりまくり、行動的だった。

そうこうしているうちに、産婦人科の1週間後の健診の日がやってきた。

母子ともに順調かどうかを確かめるための健診だった。

私は赤ちゃんを連れて病院へと赴いた。と、そこまでは他のお母さんと同じ状況だった。しかし、担当の医師から「よく眠れていますか?」と質問を受けた時、私は正直にこう答えた。

「いいえ、よく眠れていません」

すると先生は「それはいけませんね」とおっしゃった。「どのくらい眠れていないのですか?」という質問に対して、私はこう答えた。

「入院してから今日までずっとです」

それは本当のことだった。覚醒していて眠れないのだ。布団に横になっても、意識があるのだ。すやすやと眠っている赤ちゃんとは対照的だった。

先生は私の話を聞いて、これはまずいなと思ったようだった。そしてこうおっしゃった。

「大学病院へ紹介状を書きますので、ご主人と一緒に受診してください」

私は、そんなにも自分が重症だなんて思ってもみなかった。しかし、不安になって素直に従った。

夫に大学病院への紹介状を見せた。夫もなんだか様子がおかしい妻の状態を心配していたのか、「すぐにでも行こう」と言ってくれた。

夫は仕事の休暇を取って、二人で自宅から遠い大学病院まで車で出かけた。着いた所は見るからに古ぼけた年季の入った病院だった。

廊下も暗くて、じめっとしてひんやりしていた。また、今風の、壁紙がオフホワイトで明るくて、廊下が広くて車椅子も通りやすそうな所ではなくて、コンクリートが剝きだしの壁で、灰色だらけの病院だった。一瞬、監獄をイメージさせた。

私たち二人は、診察室の前に案内された。そして、そこでしばらく待つようにと指示された。

狭い廊下に対面に作り付けの椅子が置いてあり、何人かの患者さんが座って待っていた。私は、他の患者さんの迷惑など全く顧みず、隣に座っていた夫に何かしら呼び掛けてしゃべっていた。夫は、仕方なくそれに頷いたりしていたが、とても迷惑そうな顔をしていたような気がする。しかし、何を言っても私の話は止まらないのだもの、仕方がない。夫にしてみれば、好きなようにさせておくしかなかったのだろう。取り留めのない話は延々と続いた。きっと、他の患者さんは迷惑をこうむっていたであろうが、誰も咎める人がいなかったのは幸いであった。

徐々に順番が進んで、ようやく私たちの名前が呼ばれた。私は、狭い診察室に夫と共に入って行った。そこには快活そうな女性の先生が座っておられた。

あまりに古い記憶なので、何を聞かれたのかほとんど覚えていない。なので印象に残っている部分だけ書き出してみようと思う。

お医者さんが私にこうおっしゃった。

「今は、信号で言うと何信号？」

私はすかさず、手をあげて「黄色信号！」と答えた。

「あなたは日本人には珍しく、１００人に1人いるかいないかです。普通の人はマタニティーブルーになるのに、その反対でマタニティーハイ、産後躁病になります」

『産後躁病？』

一度も聞いたことのない病名だった。

先生は、それからこう付け加えた。

「眠ることが出来れば症状は回復します。なので、夜中の授乳はお父さん、あなたがやってください。そして、奥さんには睡眠薬で眠ってもらいます。あとは軽い精神安定剤を出しておきます。赤ちゃんには影響はないので昼間の授乳には問題ありません」

「分かりました」と夫は納得してくれた。

「それでは、また1か月後に来てください」

診察はそれで終わった。あっという間だった。

結局、私は産後の肥立ちが悪かったのだ。おそらくは、出産前までの仕事で生活リズムが崩れていたせいだと思われた。朝の4時に起きて5時45分までに出勤。それなのに、夕方5時までの勤務。それを週に一度は行わなければならなかった。真っ暗な道を、車で1時間もかけて出勤していたのだ。よくぞ交通事故に遭わなかったものだ。

そんな無理な生活がたたって、産後に病気になってしまった。今さら言っても始まらない。私は、もう一人ではないのだ。赤ちゃんというもう一人の人格を持った人間を産み出したのだ。何としてでも、可愛い赤ちゃんのために、養生をして育ててゆかねばならないのだ。藁にもすがる思いで、いただいた薬を飲んで夜はゆっくりと眠ることにした。

その代わり、夫が大変な思いをしていた。なんと仕事にも行っていたのだ。なのに、夜中の2時ごろ起きて、ミルクをやったり、おしめを替えてあげたりしていた。本当に感謝、感謝である。

さて、眠った効果はどうだったかというと、劇的に順調に回復していった。

穏やかになった私は、昼間は赤ちゃんとのんびり過ごした。それから、育児日記をつけ始めたりした。それは、その後も大事に保管してある。

私はこの頃、一つの疑問を持っていた。もし、このまま治らなくて、産後躁病がひどくなったらどうなるのだろう？　この子は一人で抱えてゆけるのだろうか？　と。

それは、短絡的な疑問に過ぎなかった。しかし、私の心を揺さぶった。この子一人が母親のことで悩むのではなく、もう一人きょうだいが欲しい。

そうしたら、何かあっても2人で乗り越えてゆけるではないか。

その気持ちは日に日に強くなっていった。

いつか、もう一人子どもを授けてもらおう。私のこの発想が、ますます自分と家族を酷いことに巻き込もうとはその時は全く考えも及ばなかった。


赤ちゃんもずいぶんと大きくなっていった。

そうして、私の通院生活も終わりを迎えた。

半年くらいの通院で、もう来なくても良いと言われたのである。夫も私もホッとした。

さて、私は1年間（正確に言うと10か月）しか産後休暇を貰えていなかった。

なので、急いで赤ちゃんの保育園を見つけなければならなかった。

幸い、歩いて行ける範囲に乳児園があったので、まずはそこにしようと慣らし保育を始めた。娘はそんなに人見知りをするほうではなかったので、保育園はその乳児園にあっさりと決まってしまった。

産後の躁病は、ずいぶんと治まったものの、それでもその病気のせいで夫との喧嘩が絶えなかった。

ある日、言い合いがひどくなってしまって、どうしても決着がつかなかった時、私は子どもを連れて叔母の家に泊まった。

叔母は実家の近くに住んでいて、何かと相談に乗ってくれたりしていた。

もう、ここは叔母に頼るしかないと電話をすると、二つ返事で了解してくれた。

私は赤ちゃんを連れて、お泊まりグッズを持ってタクシーで出かけた。

叔母は子ども好きで、私の赤ちゃんも大切に扱ってくれた。そして、一緒にお風呂に入ってくれたりした。

育児疲れが出たのだろうと私をねぎらってくれ、その日は叔母が赤ちゃんと寝て、私は久しぶりに一人で寝ることが出来た。

あくる朝、自宅に電話を入れると、もう夫の怒りは収まっていたようだった。叔母の家もそう長居は出来ないので、すぐ夫に迎えに来てもらった。

ちょっとした家出だった。

それからは、そうひどく喧嘩をすることもなく日は過ぎた。


とうとう、赤ちゃんと離れて、仕事に復帰する日が来た。それとは交代に、夫が育児休暇を取って休む日がきた訳だ。

私は、職場に一つの提案をした。

朝の早朝出勤を土曜日の半日出勤の日に充ててくれないか？　と。

しかし、前例がない、の一言で却下されてしまった。私は、また、不規則な生活へと逆戻りさせられてしまった。

私が子どもを産んで体調を崩したのは時間的に不規則で無理のある勤務形態のせいだったのに、たった一言「前例がない」で片付けられてしまったのは、本当に悔しかった。でも、たった5人しかいない職場では、多数決も何もあったものではなかった。しかし仕事は辞められなかった。というより、辞めたくなかった。腰掛けで入った仕事ではなく、定年まで働こうと思って頑張って就いた仕事だったから。

一つ解決方法があるとするならば、第二子を産むことだった。そうすれば、今度は3年間育児休暇を取ることが出来る。今は家事と育児と仕事で疲れきった体を癒したかったし、前にも言ったように、私の体がもっとひどくなった時、第一子が頼れるきょうだいが欲しかったからだ。

私は、妊活を始めた。

その2　第二子（躁病）

第二子が宿ったことが分かったのは、またもや3月の頃だった。

人事異動の時期なので、本当は黙っておきたかった。今の職場は過酷で身体がもたなかった。しかし、黙っている訳にもいかず正直に報告した。これで私の異動はストップした。

しかし、早出はしなくても良いと言ってもらえた。助かった。

第二子が産まれる予定日も11月だった。

産前の調子は順調で、何も問題はなかった。

第一子の時と一緒で、第二子も実家で育てる予定にしていたので、荷物を運んだりしていた。

第一子はまだ1歳半で手も掛かるが、一人も二人も同じだろうと高をくくっていた。

産前の休暇に入った。私は、長女を手元に置くことにして、保育園を退園させたのである。園に入れればお金もかかるし、何しろ私が仕事をしていないのである。娘の面倒くらい見なくてはどうする。そこで、実家で子どもと私の両親と生活することにした。

そうこうしているうちに、出産予定日が近づいてきた。

それは予定日の1日前の早朝6時ごろだった。私は、足にひんやりとしたものを感じた。起きてみると一面濡れていた。破水したのだ。

慌てて産婦人科に電話を入れた。すると、「すぐ来てください」と言われた。私は夫にそのことを知らせると、すぐに車の用意をしてくれた。私は入院に必要な物を持って、夫の車に乗り込んだ。そして第一子出産時と同じ病院へ急いだ。

病院に着くと、処置室へ通された。またもや子宮口が何センチ開いているかの確認だった。

看護師さんが「まだまだですね。お部屋に案内しますから、そこで待機していてください」とおっしゃった。

私は、建て替わったばかりのしゃれた個室に案内された。前回の部屋とは大違いだった。

今度は安心してゆっくり眠れそうだった。

時間が経って、夕食が運ばれてきた。冷めていたが美味しかった。夜の6時ごろのことだった。

それからしばらくして、夜の7時ごろお腹が痛くなってきた。ナースコールを押して看護師さんを呼んだ。

看護師さんが車椅子を持ってやって来た。

それに乗せられて、また処置室へと入った。

今度は子宮口が10センチ開いているようだった。なので、そのまま分娩室へと案内された。

ここも真新しい分娩室だった。自分の持ってきたCDをかけながら出産出来ると聞いていたので、持ってきたCDを手渡すと、かけてくれた。シンセサイザーの曲だった。

夜中の11時を回っていた。赤ちゃんが少しずつ出てきていた。「力まないで」と言われたが、何もしなくても自然と赤ちゃんは出てきているようだった。

そうして、夜の11時56分、第二子が誕生した。男の子だった。付き添っていた夫に手渡されて、赤ちゃんは部屋を出て行った。

第一子の時は17時間かかったのに、第二子は5時間で終わった。あっという間の出来事だった。

しかし、ここからが大変だった。やはり眠れないのだ。疲れているはずなのに、興奮しているのか眠くならないのだ。

経産婦さんは早く退院させられる。そしてまた、1週間後に経過を見せに行くことになっていた。

その1週間が過ぎた。産婦人科に息子を連れて行くと、またもや担当の先生から、「眠れていますか?」と聞かれた。「いいえ、眠れません」と答えると、「それはいけませんね」と言われた。

今度は先生からではなく、師長さんから呼び出された。そうして、1枚の名刺をいただいた。そこにはクリニックの名前が書いてあった。

師長さんが、「困った時は、いつもここにお世話になるのよ。行ってみて」とおっしゃった。私は訳も分からず、とりあえずその病院に行ってみることにした。

私は、前回に輪をかけて行動的で活動的だった。赤ちゃんを置いて散歩に出かけたり、買い物に行ったりした。全く横になろうとはしなかった。それ自体おかしかった。

夫が名刺のクリニックの先生に電話をして、予約を取ってくれた。家からちょっと遠かったが仕方なかった。

そうして診察の日が来た。私たち夫婦は、師長さんの紹介してくださったクリニックへと足を運んだ。ビルの何階か忘れたが、そこへ行くと、待合室で待たされた。

木目調の待合室は綺麗だった。置いてあった雑誌もコミックもしゃれたものだった。

私は、楽しげにコミックを手に取って読んでいた。夫はというと横で不安そうだった。

順番が来て、私だけが診察室に呼ばれて入って行った。そこはまるでオフィスのような感じで、広い机を前に院長先生が座っておられた。

何を話したのかは、もう覚えていない。

いくつかの質問に答えたのだろう。先生は私に向かってこうおっしゃった。

「あなたは躁病です」と。これまた初めて聞く病名だったが、産後躁病と近いものだとは想像が出来た。そうして、また来るようにと言われた。それから薬局へ薬を貰いに行ったのだが、それがあまりにも大量で驚いた。

私では到底、いつ何を何錠飲めばよいのか全く分からなかったので、私の父と夫とが薬を整理して、私の食後にきちんと出してくれることとなった。

しかし、病状は一向に治まらなかった。

まるでネズミのようにせわしなく動いており、相変わらずおしゃべりのしどおしだった。

薬が強いので母乳は与えられず、断乳させられて哺乳瓶での授乳となった。

私は自分でもこのままでは治りそうにないなと感じていた。何か良い方法はないかと案じていたところ、以前出産した病院が、今は心療内科のクリニックに変わったと知った。

私は何の根拠もなかったが、そこに入院したら治るような気がした。

そこで、今かかっているクリニックの先生に転院したいと申し出た。先生は、「聞いたこともない病院で大丈夫ですか？」と心配そうだったが、了解してくださった。そうして紹介状を書いてくださった。

私は、それを持って、新しく出来た心療内科の門を叩いた。そして入院した。

新しい病院の院長先生は、まだとても若かった。その病院に入院している患者さんの噂によると、本当はオーナーの先生がいて、その先生がこの病院を買ったのだそうだ。しかし、今は他の病院で診療をしているため、代診の先生がとりあえず診察しているのだということだった。

私は、自分がとある国立大学の学生だったことを話した。すると、なんとその先生も同じ大学出身だった。急に親近感を覚えた。

私には、大学時代に1つだけとても後悔していることがあった。それは、同級生を自殺という形で亡くしていることだった。心の傷となっていた。

その話を先生にすると、なんと先生もその事件のことを知っておられた。当時の新聞の三面記事に「大学生がどこそこで自殺をしたのを発見された」と書かれてあったらしい。

私も先生も、その大学生が同一人物だということが分かって驚いた。

私は、当時の様子を詳しくお話しした。先生は黙ってずっと私の話を最後まで聞いてくださった。そうして、私はこう言った。「先生、私の下の息子の誕生日が彼のお葬式の日と同じなのです。私には、亡くなった彼が自分のことを忘れないでほしいと言っているような気がします」と。

先生は私の話を聞き終わってから、「そうかもしれませんね」とおっしゃった。

先生とじっくり会話をしてからというもの、急に私の病状が落ち着いてきた。

もちろん、他の患者さんたちとも仲良くなって、快適な入院生活が送れていたからということもある。

私は、少しずつ少しずつ正常な性格に戻っていった。そうして、3か月もすると、退院しても良いと言われた。

ただし、すぐに家族全員と暮らすのではなくて、まずは生まれたばかりの赤ちゃんと2人で過ごすようにとの条件だった。

私は、第二子と一緒に自宅のアパートで暮らし始めた（夫と第一子は、夫の実家で暮らしていた）。

そうしてだんだんと普通の生活に戻っていった。

なので、夫と娘も一緒に暮らすことにした。

ようやく家族4人で暮らせる日が来たのである。

本来なら3年間育児休暇を取っても良いことになっていたが、私は2人の子どもたちを無認可の保育園へと入れた。

私が孤独で1人で育児をするよりも、同じ年齢の子どもたちと一緒に過ごしたほうが良いだろうと考えたからである。

そんな訳で、育児休暇を1年にして、私は職場へと戻った。

その3　保育園行事（再発）

職場へ戻ると、また早出が待っていた。
まだ産後間もないのに容赦なかった。
また、その保育園も無認可ということもあって、資金集めの行事があった。
どこかのお祭りに出店するのである。
ある秋の週末、コスモス祭りに出店した。
フリーマーケットを行ったのである。
それが土日と2日も続いた。
1日ならまだ良かった。でも、2日目はもう体がもたなかった。
忙しさのあまり、躁状態になったのである。
夫は慌てて私を病院へと連れて行った。そして、即入院ということになった。

とても自宅療養では済まされないほどだった。

以前かかっていた病院に行くと、院長先生が替わっていた。その先生は、内観と瞑想を行うことを治療としていた。なんだか宗教がかっていた。

内観を行うのに、毎日日記のようなものを書いた紙を先生に見せた。

また、毎週木曜日の夜8時からはホールで瞑想会が行われた。

先生を囲んで、患者さんが座る。

禅問答のようなやり取りが始まる。

意味も分からず、1時間ほどその場に座っていなければならない。

意味が分からないので、書きようがない。

先生は、病気になることは幸せだとおっしゃる。本当のことに気付くチャンスだと言う。

でも、聞かされるこちらは何のことだか分からない。ただの、形だけの瞑想会。

それでも私は信じていた。先生のお言葉の一つ一つを真剣に聴いていた。

内観も真面目にやっていた。

ルーズリーフに思ったことを書いて先生に観てもらっていた。先生は、それを読んで、

「自我が外れているようですね。良い傾向です。この調子で治療に専念してください」と

言っていた。

当時はまだ2歳と4歳の息子と娘がいたが、夫が、夫の実家を頼って見てくれていた。

そして、時々私のお見舞いに子どもたちを連れて来てくれていた。

私の内観ノートの一部を紹介してみようと思う。


『有り難いこと。この世に存在すること。周りにある物がすべてそのまま存在すること。周りの物を作り出す人、何かが存在すること。

身の回りの誰もが変わりなく存在すること。

私が現在このような状況であることは、決して落ち込むことでも悩むことでもないはず。

今、何かに気付かせていただくために、ここにいると思う』

ずいぶんと楽観的にとらえていた。周りの人々はすごく心配していたのに。

それもひとえに、先生が優しくて、私に特別な能力があると言ってくれたせいだった。

それは、実は誰にでも言っているとは知らずに、自分にだけささやいてくれている言葉だと信じて疑わなかった。

この病院の院長先生は、病気がさも特別な人格者にだけ与えられる風なことを吹聴した。そこで、みんな騙されて、自分が偉い人物になったような気がしていた。

薬も体に合っていないものが処方されていた（それは後の病院に転院して分かった）。だから、いつまで経っても病気は治らなかった。私は、一人、病院で寂しい想いをしていた。早く家族の元に帰りたかった。しかし、院長先生は首を縦には振ってはくださらなかった。どんどんと、家族との溝が深くなっていった。仕事も心配だった。実家の両親も、なかなか退院出来ない娘に手をこまねいていた。


ようやく退院の日が来た。先生や看護師さん、仲良くなった患者さんたちにお礼を言って、自宅へと帰って行った。

それからしばらくは、普通に生活をしていた。そんな中、とある事件が起こった。ちょうどその頃、家を建てようとしていた。

私は頭金８００万円を持っていた。

ある晩、夫が神妙な顔をして話しだした。

夫の弟が連帯保証人になっている借金を、明日までに500万円返すよう弟から言われているという内容だった。そうすればこれから二度と取り立てはしないという約束だという。

私の頭に頭金のことがよぎった。しかし、それを渡してしまえばもう二度と家は建てられないだろう。この考えはやめた。

その代わり、子どもたちの貯金をかき集めて200万円だけなら貸しても良いと言った。

夫も、自分の貯金を100万円出すと言った。

残りの200万円は弟が自分で何とかするように、ということで話をつけた。

ここまでは、まだ良かった。

夫の弟も、500万円きっちり返せたそうで、何よりだった。

しかし、それからがいけなかった。

姪や甥にお金を借りておいて、1銭も返してこなかったのである。

私はそのことを実家の母に相談した。

すると、母は烈火のごとく怒った。

そうして、夫の家とは縁を切ると言いだした。

それから、私に貯金通帳を作って渡して、貸した２００万円をそこに入れてもらうように指示した。

私は夫に言って、そのように頼んだ。

私は、夫の弟がどうして借金を返してこなかったのか？　と訊ねた。夫によると、夫の弟が同じ連帯保証人になっている人に、お金を又貸ししていたということが分かった。

私はそのことでひどく頭にきて、とうとう躁状態になってしまった。

そうして、また、入院生活に逆戻りとなった。

今度はなかなか治らなかった。

無駄に月日が流れた。

夫の弟の名誉のために書いておくが、息子の大学受験までに、きちんと全額返済してくれた。

職場の課長も、もう今の病院では治らないだろうと言いだした。産業医から転院するように言い渡された。

それで、近くの大きな大学病院に転院した。

しかし、それが私の人生の大失敗を引き起こした。

この大学病院に来なかったら、これ以上病気が悪化することもなかったし、再就職出来ていたかもしれなかった。そのくらいひどいことが起こった。今でも悔やんでいる。でも、誰も恨むことは出来ない。私の宿命だったのかもしれない。

第二章　転　院

その1　大学病院

大学病院では、患者をモルモットのように扱っていた。ちょっと調子が悪いと訴えると、次から次へと新薬が処方された。薬の量ばかり増えて、体調は悪くなる一方だった。

一度、その薬を以前かかっていた病院の院長先生に見せたところ、顔色が変わった。

「こんなに飲んだら、中毒になる。減らしましょうか？」と聞かれた。しかし、今かかっている病院の薬を勝手に操作するのはためらわれた。そして、引き続き飲み続けた。

そうしたら悲劇が起こった。

仕事の帰りに電車に乗ろうとしてパニック発作を起こしてしまったのだ。苦しかった。そこで、電車をあきらめてバスにしたが、それも乗れずに降りた。そうして、タクシーを呼んだ。

来てくれたタクシーの運転手さんが気が利いた人で、そのまま救急病院へと運んでくださった。

ぐったりした様子の私を、てきぱきと看護師さんがベッドに運んでいった。私の手の指に何か機械のようなものが挟まれた。血中酸素濃度を測る機械だった。私は呼吸が荒かった。それは、パニック発作の症状だった。

しばらくすると、夫と2人の子どもたちが迎えに来てくれていた。ようやく正気を取り戻した私を、子どもたちは嬉しそうに取り囲んだ。病院にお礼を言って、私たち家族は帰った。

私は救急病院の先生に言われたとおり、次の日にかかり付けの大学病院の先生に電話を入れた。パニック発作を起こしたことを伝えた。

すると、先生は驚いた様子で、すぐに来てくださいと言った。しかし、その日は雪が積もっていた。公共交通機関はひどく乱れていた。

仕方がないので、まずは路面電車に乗ろうとした。しかし、気持ち悪くなって、すぐに降ろしてもらった。もっと空いている電車を待って乗った。10分という時間が長く感じられた。着いた駅で、私はまた先生に電話を入れた。「これ以上は行けそうにありません」と。しかし、先生はこうおっしゃった。「何時になってもいいので、必ず来てください」と。仕方がないので、そこのバスセンターから病院行きのバスに乗った。

しかし、また途中で気分が悪くなり、降りた。今度は、JRで1駅乗って行った。それから歩いて大学病院まで行った。

先生にお会いしたら、先生はこうおっしゃった。

「私は、昔あなたが通っていた病院の先生に付いてインターンをしていました。だから、元の病院に戻ったほうが良い。今から紹介状を書きますから待っていてください」

私は、病気が悪くなるために転院したも同然だった。意味がなかった。

悔しかった。

そうして、また再び以前の病院へと通った。

しかし、私の症状は、なかなか治らなかった。

公共交通機関はもとより、自家用車の中でも気分が悪くなってパニック発作を起こすので、3年間の休職処分となった。

そして、私は、そのまま仕事場に戻れずに自主退職する羽目になったのである。

あんなに好きだった職場を失うことは、生きるすべをなくすことと一緒だった。でも、仕方なかった。

私は、無職となった。

最後に会った女性の産業医の先生はこうおっしゃった。「家庭を大事にして、子どもたちの良き母となってください」と。

私の定年まで働くという理想は崩れ去った。そして、自宅で一人で過ごす専業主婦になってしまった。ものすごく寂しかった。

楽しかった職場が恋しかった。

その2　さらなる転院（終の棲家）

そんな時、母の知り合いの看護師さんから、とある女性の精神科医を紹介された。

両親は藁にもすがる思いで、そのお医者さんに会いに行った。そうして、私の話をしてきた。すると、そこで、急展開が起こった。

そのお医者さんのお知り合いのとある病院の副院長先生を紹介していただいたのだ。

その病院は、この近辺ではとても有名で、患者さんも多くて、なかなか予約が取れなかった。

両親は転院を院長先生に依頼した。そうして私は、全く新しい病院へとかかることとなった。

それが不思議なことに、以前の古いアパートから引っ越した先の新築の住まいから、歩いて20分ほどの所に立っていた。まるで、私がそこに最初から行くのが決まっていたかのように、近かった。

転機はそこから始まることになる。

第三章　家庭での生活

その1　うつの状態

その当時、躁とうつの波はひどかった。

躁状態になると、私はまるで鬼にでもなったようにストレスを夫にぶつけた。何を言われても言い返す。他人のせいにする。相手が悪いとののしる。例えば、早朝の4時ごろに警察に電話をして、「夫が私を無視してひどいDVを行っている。来てほしい」と呼び出し、寝ている夫を叩き起こし、私は警察にあることないことでっちあげる。夫にとっては、もう只々迷惑な妻でしかなかった。

よって、夫婦仲は険悪で、私は家族と一緒に食事が出来なくなった。

仕方なく、お盆に自分の料理だけ載せて、2階で一人で食べていた。しかし、食欲がなくほとんど食べられずに、だんだんやせ細っていった。

加えて、躁の波からうつの波に変わり、私は寝たきり状態になってしまった。

夫は仕方なく、家事の全部を一人で負担してくれた。しかし、もう限界だった。保育園児を二人も抱えているのである。

子どもたちは、食事もお風呂も自分たちでは出来ない。汚すだけ汚して、洗濯も出来ない。

夫は、仕事もしながら家事、育児をこなしていた。余裕がなかった。それが、私に対する夫の冷たい態度に拍車をかけた。そこで、ヘルパーさんを頼むことにした。自費で雇っていたので高かった。

そんな時、私は、障がい者の友人から良いことを聞いた。区役所に申請すれば、ヘルパーさんを雇えるのだということを。

早速、区役所に電話をして、手続きを取った。そうして、食事を作ってくれるヘルパーさんが週に3回、月、水、金と入ることとなった。

それによって夫の激務は激減し、夫にも少しずつ笑みがよみがえってきた。

私はというと、相変わらず調子が悪く、寝ていることがほとんどだった。なので、ヘルパーさんが家族4人の食事を作ってくれた後、記録にサイン代わりの印鑑を押すだけだった。

うつというものがこんなに辛いとは想像を絶していた。

しかし、私は躁とうつを交互に繰り返す双極性障害である。

いつまでも、うつなわけではなかった。

そうして、徐々に躁状態に移っていった。

その2　躁の状態

躁状態になると、とても元気になる。

なんでも出来る気がする。

そんな私がやらかしたことがある。

まずは、家出。

妹と、親しい友人一人にだけ行き先を伝えて電車に乗って家出をしてしまったのである。

向かった先はお寺。

何故お寺なのか？　というと、当時私は、通信教育で仏教入門を取っていた。

辛い心と体を癒す手段として選んだのだ。

問い合わせると、そこの住職さんが、来ても良いと言ってくれた。

私は、もう、こんな家にいるのが嫌だった。

私さえいなければ、みんなで仲良く暮らせると信じた。そうして、家を出る決心をしたのだった。

家族が出かけた後、少しの荷物をまとめて、一人電車に乗った。過呼吸が怖かったが、薬のおかげか何事もなく乗れた。

よく考えると、私は通院していたので、薬が必要だった。しかし、そんなことも忘れていた。

何時間も私は電車に揺られた。

そうして、着いた駅にお寺の方が迎えに来てくださっていた。有り難かった。

お寺は禅寺だった。部屋をあてがわれて、着いた日は夕食をいただいてそのまま寝た。

次の日の朝から、道場で禅問答が繰り広げられた。全く分からなかった。こんな調子で務まるのか不安になった。

お昼ご飯の後、私はそのお寺のご住職の奥様と喧嘩になった。奥様が「子どもがかわいそう」と言いだしたのだ。それはもっともなことだった。実は、その奥様も家を捨ててこのお寺に来ていた。だから、自分と重ね合わせたのだろう。結局、言い合いになって、私が負けた。そうして、すぐにでも出て行ってほしいと言われた。仕方なく、私を駅まで迎えに来てくださった方に相談して、自宅へ連絡を取り、次の日に夫に迎えに来てもらうことになった。短い家出だった。

帰りの新幹線の中で夫は不機嫌そうにしていた。仕方なく来てやったと言わんばかりだった。私も黙っていた。また、これから毎日3人対1人の生活がやってくるのかと思うと気が重かった。せめて、子どもが私になついてくれていたのなら帰りたくなる理由にもなった。しかし、誰も私のことなど相手にしてくれていなかった。それが辛かった。

もう1つやらかしたことがある。

それは、別居。知っていたのは私の母だけ。

夫にも相談せずに、私の母と2人で部屋を決めた。母が、そんなにも一緒にいるのが辛いなら、と別居を勧めたのである。

私は当時車を運転していた。自分の車を持っていた。その車で、荷物を少しずつ別の住まいへと移していった。

そこでは料理はしなかった。お風呂にも入らなかった。何をしていたのか？　というと、趣味の編み物をしたり、本を読んだりしていた。自宅とは違う空間で過ごすことで、少しでもストレスを軽減しようとしていた。

しかしそんな生活も長くは続かなかった。家賃が高くて払えなかったから。いたのは1か月そこらだった。しかし、私だけの家は、大学時代を思い起こさせた。楽しかったあの時を。

家出も別居も上手くいかなかった私は、自宅で療養することに覚悟を決めた。

その3　それからのこと

私が転院して、そう簡単には順調に回復しなかった。

平成23年（２０１１年）9月15日～10月12日

原因はもう分からないが、入院した。

平成25年（２０１３年）８月16日〜11月７日

私の友人たちが次々と入院していった。その原因を知りたくて、私も入院することにした。

入院生活は快適だった。友人たちと語り合った。友人二人が入院したのだが、それぞれ抱えているものが違っていて大変そうだった。私も自宅で夫と上手くいっていなかったので、これ幸いだった。一人の友人は早くて２週間くらいで退院して行った。もう一人の友人は一か月くらい一緒だった。約三か月私はトータル二か月半くらい入院していた。

平成26年（２０１４年）12月26日〜平成27年（２０１５年）３月23日

急に眠れなくなった。３日間も眠れないと頭がおかしくなりそうだった。それで、すぐに入院した。

入院中、仲の良い友達が出来た。いつも一緒にいた。楽しかった。そんな中、患者さんの一人がインフルエンザを持ち込んだ。

病棟は２つに分けられて、１つは閉鎖病棟になった。インフルエンザの患者さんのみの病棟が創られた。私もかかってしまったので2週間くらい寝たきりになった。ようやく治ったかと思ったら、運転免許の更新の時期が来ていた。私は、病院から遠い運転免許試験場へと2回も通わなければならなかった。

何故かというと、スピード違反を2回もしていたので、ゴールド免許からブルーの免許になってしまったからだ。そして、講習を4時間くらい受けなければならなかったが、一度ではきつくて受けきれず、2回も通う羽目になったのだ。散々だった。

また、この時は、下の息子の小学校の卒業式があった。特別に仮退院して、大雨の中、寒さに震えながら参加した覚えがある。

平成29年（2017年）7月4日〜8月29日

作業所に通い出したはいいが、まだ躁とうつの波がひどくて、出勤出来ない日も多かった。それを、作業所の皆が、「さぼっている」だの「やる気がない」だの酷いことを言うので、しばらく入院することにした。

平成30年（２０１８年）10月25日〜10月31日
母ががんになってしまった。抗がん剤治療をしても治らず、とうとう終末期医療に切り替えられた。私は、病院が近かったこともあり毎日のように通ってケアを行った。
その母が９月27日亡くなった。
看病疲れと脱力感で入院することとした。
令和２年（２０２０年）１月14日〜３月31日
娘の宿題の手伝いを徹夜でしたら、すぐに症状が出てしまい、入院することとなった。
令和２年（２０２０年）７月31日〜10月７日
母の三回忌の準備が忙しくて疲れてしまい、入院することとなった。
令和３年（２０２１年）７月28日〜10月19日
今まで飲んでいた薬が体に合わなくなったため、薬を変えるのに調整が必要で、入院して薬の変更を行った。

以上が入院歴である。

こんな風に、入退院をかなりの頻度で繰り返してしまったので、病気は良くなるどころか悪化していった。毎年のように入院し、ひどい時には一年に二度も入院した。

しかし、令和3年に切り替えた薬が私の体に合っていたのか、それ以降入院していない。喜ばしいことである。

これで私の病状に関する記載は以上である。

ここからは、日々感じたことを綴っていこう。

第四章　今私が思うこと

障がい者になって良いことなんて一つもなかった。

仕事は出来なくなるし、友達も同僚も失った。

家庭内もぐちゃぐちゃになった。

両親や親戚を心配させた。

金遣いが荒くなり、借金ばかりが増えた。

運転免許証も返納させられて、どこにも行けなくなった。

入院の回数も頻繁で、周りに迷惑をかけた。

そうして、夢や希望を失った。

生きる気力もなくなった。

今、どうしてここにいるのか意味が分からない。生きている存在意義が分からなくなった。

やらなければならないことも、気力がなくてしていない。

薬がないと生きてゆけない。

一番こたえたのは仕事を失ったことだろう。

毎日時間があり余ってしょうがない。

収入もない。

病院の先生が障害年金を貰えるように手続きを取ってくださった。が、そんな微々たるお金なんて一瞬で消えてしまう。

暇に任せてショッピングをする。それだけが唯一のストレス解消法だったから。

10回払いや12回払いにしてその場しのぎの買い物をする。カードの請求額で貯金通帳はいつもマイナス。年金で補っても補っても、次から次へと買い物をするので間に合わない。

今でも300万円は借金がある。でも買ってしまう自分が情けない。

そんなに気にいってもいない服を勧められても、断れない自分がいる。高いお金を出してまで買うほどでもない服を、どうして買ってしまうのか自分でも理解出来ない。

しかしこれは、買い物依存ではないらしい。

買い物依存とは、使う予定もないのに同じものをいくつもいくつも買って、ほったらかしにしている人のことを言うそうだ。

私は買い物に行くと、躁状態になって気が大きくなり、店員さんに勧められるがままにどんどんと買っていく傾向にある。

そして帰ってから、なんでこんなもの買ったのだろうと嫌になってくる。自己嫌悪に陥るのだ。その繰り返し。

仕事をしていたら、買い物なんて行く暇もないだろうしと思う。そうしてお給料を貰えるのだからお金は貯まる一方だ。

微々たる額しか貰っていないのに、それ以上の買い物をするのは異常だ。だから、病気なのだ。

私は、呉服店の人と友達になったがために、あっという間に100万円以上の借金を負うことになった。でも、誰にも言えない。一人でコツコツと解決していくしかない。

いつ着るとも知れない着物を何着も買ってしまった。売りたくても二束三文で買い叩かれるだけだ。自分のしでかしたことにゾッとする。そうして、箪笥《たんす》に積まれた着物の山にため息を漏らしてしまう。

今度こそは、もう店には寄らない！　と心に決めても、その数日後にはもう行っている。

バカだ。大バカ者だ。その心理が理解出来ない。病気だから、で済ませるしかないのか。

では、いつその悪い癖は治るのだろう？

病気が良くなったら？

永遠に無理そうだ。

仕事が好きだった。

社会貢献をしている気分だった。

自立している気がした。

お金もそこそこ貯まった。そのお金を頭金にして、家も買った。居心地の良い家を。

でも、その家が仕事を辞める直接の原因となった。

通勤に2時間以上かかった。

毎日へとへとだった。

車で通勤出来れば1時間くらいで職場に着いただろうに、上司がそれを許してはくれなかった。薬を飲んでいるので、危ないから公共交通機関で来いと言ってきた。

理屈は分かるが、体に対する負担は尋常ではなかった。

それに加えて、同僚が寝ていて全く仕事をしなかった。きついから、という理由だったが、私はそれ以上にきつかった。

しかし、文句も言わず黙って一人で黙々と仕事をこなした。

今思えば、正直に上司に相談するべきだった。しかし、私の話をまともに聞いてくれる上司ではなかった。

私は、同僚をかばったがために、自滅した。


私は10軒目で、今の病院にたどり着いた。

もっと早く今の病院で治療を受けていたら、仕事を辞めないで済んだかもしれないし、パニック発作にもならないで済んだかもしれない。しかし、後の祭りである。

私には、仕事運はなかったらしい。

悔しいが、認めざるを得ない。

仕事もしないで、ブラブラしている自分が嫌だ。

しかし、そんな私を見て、娘は楽そうだと思っているらしい。

早く専業主婦になりたいといつもこぼしている。

専業主婦は寂しいと思う。

一人ぼっちで、家のことを毎日毎日繰り返し同じことをしなくてはならない。

それのどこが良いのだろう？

暇そうで良い？

確かに暇だ。暇すぎる。

時間の無駄遣いをしているようで自己嫌悪に陥る。神様に申し訳が立たない。

何か打ち込めるものが欲しい。

唯一打ち込めるものは、こうして書くことだ。無心で、思いつくままに書き続ける。それは、命の洗濯をしているようだ。

令和5年7月28日

これからは日付を書こうと思う。

今日思ったこと。

だんだんと記憶が薄れてゆく。

良かったことも、悪かったことも。

何かの本で、人の運命は、良いことがあった後には悪いことが起こり、悪いことがあった後には良いことが起こると書いてあった。
そうなのかもしれない。
赤ちゃんが出来たとたん、病気になった。
家を買ったとたん、仕事を辞めなければならなくなった。
嬉しいことが大きいほど、悲しく辛いことが大きい。
今は、何も考えず平凡に生きている。
何も考える必要がなくなったのだ。
ボケそうで怖いが、時間の流れがゆっくりしていて、ミスをすることもない。
誰かに後ろ指を指されることもない。
他人のことを気にすることもない。
切羽詰まった用事もない。
ないない尽くしだ。
薬がよく効いているのか、日中でも眠たい。
何かしていないと寝てしまう。

令和5年8月18日

精神障がい者になったら私の場合、辛いことが増えた。

何も出来ない。仕事も、車の運転も、お酒を飲むことも許されない。サプリメントを飲むことも禁止されている。薬の効き具合のデータに影響するからだ。

普通の障がい者は、デイケアと呼ばれる一日を過ごすプログラムのある場所へと通わされる。以前、退院してすぐの時には、デイケアに通っていた。しかし、私の場合、デイケアに行くと障がいの重い人たちと接することが、良い影響を与えなくて、反対に私の障がいに悪い影響を与えるようで、主治医が行くのを許していない。

しかし、居場所がないのは困る。

一日中何もすることがなくて、寝てばかりいる。睡眠薬が残っているのも手伝って、一日中眠たいのである。

仕事をしたいけれど、障害年金を貰っているし、仕事をしたらまた発病するかもしれないと思うと気が引ける。

それに、私には介護をしなくてはならない父がいる。やはり仕事は無理だろう。

内職のようなものなら出来るかもしれないが、なかなか条件の良い仕事が見つからない。

せっかく進学校を卒業して大学まで行ったのに、今となっては何の意味もなさない。

人生、私はもう投げ出している。

早く死にたい。今すぐ死にたい。でも、家族がいるので出来ないし、自殺はしたくない。

もう、堂々巡りだ。

書いているのは、一種の暇つぶしの意味もある。記録の意味もある。心のつぶやきの場でもある。

私は大きな間違いを起こした。だから、こんな人生なのだ。もう、取り返しがつかない。

昔々、まだ20代の頃、その時はこんなことになろうとはつゆ知らず、手放してしまったチャンスを今さら取り戻すことは不可能だ。

後は、これからどう生きるか。それしか選択肢は残っていない。

こうして書いていても、眠気が襲ってくる。

単調な作業だからだろうか。

少し休んで、また続きを書こうか。

令和5年9月21日

今思っていることと言えば、ストレスが全くないことである。でも、人間は多少のストレスがないと良くないと聞いた。ボケてしまうのかもしれなかった。

唯一のストレスは、父親の介護である。

しかし、今のところ、認知症でもないし、介護認定も要支援2だったし、一人で生活している。

まぁ、ケアマネさんが付いていて、訪問看護の方や、お掃除のヘルパーさんが入っているのは、85歳という年齢では年相応だろう。

あと困っているのは買い物で、それだけは私たち夫婦が父から買い物リストを書いたメモを貰って、近くのスーパーに買い物に行く。

しかし、父一人だけなのに、その買い物の量が半端ではない。1回に1万5000円くらいは買っている。年金に不自由していないから大丈夫なのだが、買い物の荷物が重くてかなわない。とてもではないが、私一人では持って帰れる量ではない。車で運ばなければならない。なので、毎週土曜日、もしくは日曜日は私の夫が舅のために時間を割いてくれている。

本当に頭の下がる思いだ。せっかくの休みなのに私の実家の掃除もしてくれる。

私の夫は、義理の息子の鑑《かがみ》のような人である。

私の役割は、掃除のヘルパーさんが来る時に同席して、一緒に掃除をすることである。ゴミ捨てもある。

それから、父の病院の付き添いをしなくてはならない。パーキンソン症候群の父はうまく歩くことが出来ない。なので、どうしても一緒に病院へ行かなくてはならないのだ。

また、かかり付けの内科の薬を貰ってくること。もう何十年とかかっているので、本人が来なくても先生は「いつものですね」と言って処方箋を書いてくださる。

父は今、3軒の病院をはしごしている。そのたびに呼ばれて、付き添っている。

しかし、寝たきり老人だとか、施設に入っているとかではないので、まだ安心である。

父の話はこのくらいにしておこう。

令和5年10月19日

運がいいとか悪いとかは、どうやって決まるのだろう。

多分、それは主観的で客観性に欠けると思う。

自分がラッキーと思えばそうだし、アンラッキーと思えばそうなるのだと思う。

今、人生半分くらい過ぎているが、私の人生で最高の時が大学時代だった。18歳から24歳まで。とても毎日充実していたし、楽しかった。勉強して、遊んで、恋をしてと日々忙しかった。

次に良かったのが高校時代。友達に恵まれ、クラブにいそしみ、大学受験の準備に忙しかった。大学という教育最終学年に何をして過ごすかは、将来にとても重要なことだった。

今思えば、そこで人生を誤ったのかもしれなかった。

本当は、出版関係の会社に行きたかった。本が好きだった。自宅は本だらけだった。

しかし、当時の私の成績では、とうてい先生の勧める学校に入るのは無理だった。

私は仕方なく進路を変えた。

興味のあることと、自分の出来る教科で絞っていった。

そうして、医療関係にたどり着いた。きっと役に立つと思えたから。

薬学、農芸化学、臨床検査技師、看護師、そして獣医師。

その中で、一番受かりそうな学科が獣医学科だった。もちろん、動物にも興味があった。

というより、人が嫌いだった。

人間はすぐ人を差別する。いじめる。

小学校3年生で転校しなくてはならなかった私は、クラスの人からのけ者にされていた。

それは中学3年生まで続いた。

何故、私が一人ぼっちでいなくてはならなかったのだろう。

だから、小学校、中学校の時代は、あまり思い出したくない。転校したことが運が悪かったのだ。と、そう思うようにしている。

学校生活の運の良し悪しはこんな感じだけれど、家族には恵まれたほうだと思う。

父が学校の先生だったこともあり、勉強を教えてもらえた。おかげで、県内で有数の進学校に入学出来た。両親は、子どもたちのことをよく考えてくれていたと思う。

人生の前半を運良く過ごしてしまった私は、後半になって運に見放されたように思う。

24歳という若さで精神障がいを発病してしまった私は、もう普通の幸せは得られなかった。

もし、大学時代に彼氏が出来て結婚出来ていたら、人生が違っていたかもしれない。

今頃、獣医師として立派に社会貢献していたかもしれない。

何が悔しいって、免許は持っているのに、何もしていない自分が悔しいのだ。

毎日、暇で暇で、ゴロゴロと寝てばかりいる。気合が入らず、家事らしいことと言えば掃除機をかけることと夕飯を作ることぐらい。

あまりに暇なので、早くボケてしまうのではないかと心配している。

さて、本題の運の良し悪しのことだが、本当は、今生きているだけで運が良いのだ。

こうして書けているだけで運が良いのだ。

人は、人と比べるから運が悪いと思いがちだが、そんなことはない。

自分の中には、確かに運の良い部分が必ずある。それを見つけることが大切だ。

令和5年10月25日

足底腱膜炎になった。

もう、かれこれ1か月半以上足の裏が痛い。

最初、近くの整形外科病院に行ってみた。

すると、そこでレントゲンを撮って、問診があった。そこの先生は、骨には全く異常がないので、骨と皮膚の間にある脂肪が炎症を起こしていると言った。そうして、2週間分の痛み止めの薬と胃薬を処方された。

しかし、その薬を飲んでも、一向に良くならない。仕方がないので、また2週間後に行ってみた。それでも、何の変わりもなく薬だけが1か月分処方されただけだった。

これではきっと治らないだろうと思い、自宅からちょっと遠い違う整形外科に行ってみた。

そこでもレントゲンを撮られた。

そうして、先生の説明があった。詳細な人体模型図を用いて、詳しく説明してくださった。要は、足の裏の靱帯が集まっている部分に神経が当たって痛いのだそうだ。それから丁寧に、リハビリの仕方まで教えてくださった。1軒目の病院とえらい違いだった。

そうして、1週間してまだ痛みが取れないようなら注射をします、とも言われた。

注射は嫌いなので、何とかリハビリで治らないものかと頑張っているのだが、一向に改善の余地がない。湿布も処方していただいた。

でも、貼っても何も変わらないのである。

私の足はどうなってしまったのだろう……？　どうして、こんなにリハビリをしているのに、湿布も貼っているのに痛みが取れないのだろう……？

元気に実家まで1時間歩きまわっていた頃のことを思い出す。原因は肥満なのだろうか？　どうして、こんなことになってしまったのだろうか？　疑問ばかりが頭をよぎる。

そうして、痛くなかった頃のことを思い出しては、本当にあの頃のように戻れるのだろうかと不安に思う。

もう一つ、私には体調不良がある。それは、脂肪肝の兆しがあることだ。

昼間、楽してインスタントラーメンやパン1枚とか、スパゲッティーとか餅とか、とにかく炭水化物ばかり食べていたのがいけなかったようだ。もう、今さらだが。

更年期障害になって、いろいろな弊害が出てきた。ホルモンバランスの悪さが原因なのだろうけれど、何をどうやって補っていけば良いのか分からない。

世の中のご婦人方は、それをどうやって克服しているのだろう？

そんな個人的なことを書きたかった訳じゃない。

私は今まで、健康にあぐらをかいていたのだな、としか言えない。

そうして、いろいろな病気を抱えている人たちのことをないがしろにしていたなと思わざるを得ない。

たった、左足の足の裏が痛いだけで、もう出来ることが限られてくる。

ウォーキングが出来ないので、脂肪肝も克服出来ない。

負の連鎖である。

もっと健康だった時に感謝しておけばよかった。当たり前なことなど何もないのだと知るべきだった。

精神障がいも同じことだ。

安定している今を、大切に生きるようにしなければいけない。

いつ、また塀の中に入れられるかもしれない。自由を奪われるかもしれない。

私が入院でもしたら、誰が父の面倒を看るのだ。みんなに迷惑がかかる。

私は、つくづく今まで平和で、障がいがありながらも健常者と同じように生活出来ていられたのだなと感謝の念を抱いた。

何にもないのは良いことだ、とは分かっていても、何かあると初めてその何にもなかったことの有り難さが身に染みる。

私は、これ以上変な病気になりたくない。

どうせなるなら、がんとかで、もう死がそこに見える病気が良い。覚悟が出来るから。

中途半端に足底腱膜炎なんかになると腹が立つ。脂肪肝も面倒くさい。

上を見ればきりがないし、下を見てもきりがない。

私は、私の中で、ちょうどいいと思えるところで生きていたい。

他人に迷惑をかけず、自分も気分が良く、周りを幸せにしてあげられる状態が良い。

余裕というものがあれば良い。

こうやって、パソコンに向かえる時間と余裕と精神的余裕と客観視出来る自分があれば良い。

そんな時は、足の痛みも忘れていられる。

今回私が言いたかったまとめは、今健康でもいつそれが崩れる時が来るかもしれないということ。それは周りの人も同じ。だから、今を大切にしてほしい。感謝してほしい。時間は戻らない。今、今の積み重ね。もし、何か病にかかったら、それまでのつけが来たのだろう。また、突発的に起こることもある。

病は、人を辛くさせる。

でも、治った時、その喜びはひとしおだ。

病気になるには、その原因が必ずある。それを知って、二度と繰り返さないようにすることが肝心だ。

でも、治らない病気の場合、どうやってその病気と付き合っていくのかが問題になってくる。

悲観せずに、前向きにとらえたいものだ。

そうして、体をいたわりながら、日々を暮らしていってほしい。

令和5年10月29日

私は昔、まだ病気（双極性障害）になって間がない頃、この病気にかかったことには何か特別な意味があるに違いないと思っていた。

きっと、神様が私に与えてくれた試練だと思い込んでいた。

でも、いつまで経っても治らない。そしてこれからも。私はこの病気と付き合っていかなければならない。

意味なんてなかった。あるとすれば、健康な人に、それは大事なことですよ、と訴えることくらいか。

病気になって、仕事をなくして、することが何もなくなって、どうしていいか分からない。何をしたらいいのか分からない。

この病気は厄介だ。金食い虫だ。暇に任せてあちこちブラブラしては、何かを買ってくる。それも、高額の物を。金銭感覚がマヒしてしまっている証拠だ。

仕事をしていた時は、買う暇もないし、貯金が趣味だった。何を買う目的がある訳でもないので、どんどん貯まっていった。

でも、今は借金ばかり。借金があるのに、まだ買おうとする。その感覚がもう理解出来ない。自分で自分がセーブ出来なくなっている。ストレス発散は出来るが、後で後悔が残る。なんでこんなに買ったのだろうと途方に暮れる。自分はバカだと思う。

収入も少ししかないのに、それ以上の買い物をしてしまっている。自己破産寸前だ。

話を戻そう。精神障がい者になったのに、自分を特別な人だと思っていた原因には、その時の院長先生の影響が大きい。何かに気付いた人がうつ病や、双極性障害、統合失調症になるのだと言われた。この世の中がゆがんでいるのに気付いた人。確かに、真面目な人や、優しい人が病気になりやすい。そういったことも含めて院長先生はおっしゃったのかもしれない。

図々しくて、自己中心的で、思いやりも持たず、自分勝手に生きている人に精神障がい者はいないと思う。

繊細で、思いやりがあって、他人の痛みを自分のことのように考える人、それが精神障がい者だ。

この世の中で、どんなに偉くなっても、地位や名誉があっても、お金がたくさんあっても、幸せでも、いつかこの世を離れる時が来る。

その後、どうなるかは全く知らない。

この世の尺度が、あの世に通じるかは誰にも分からない。

だから、今は苦しくても、あの世に行ったら違う何かが待っていると信じたい。

ただ正直に生きていたら、神様は見捨てはしないのだと思いたい。

約束を守りたい。この私の体験を知ってもらうと約束したことを守っていたい。

本当は、ここに書いている以上にめちゃくちゃな人生だった。でも、時が経つうちに忘れていった。嫌な記憶は、遺伝子が切っていくのだそうだ。そうでないと、嫌なことばかり覚えていると、人は生きては行けないから。

だから、遺伝子が、人が寝ているうちに嫌な記憶をどんどん消し去っていくのだと聞いた。

私は家出もした。別居もした。夫と子どもたちがいつも3人で楽しそうにドライブに行くのに置いてきぼりをくらわされた。夫と顔を合わせると喧嘩の毎日だった。離婚も考えた。役所に離婚届の用紙も取りに行った。もう、限界だった。それなのに、どうして今こうして穏やかに過去の記録を書いていられるのか？

それは、私に合った主治医に出会えたから。

私を真剣に診てくれるドクターと知り合えたから。それも、神様のお導きだったのかもしれない。もっと早かったら、仕事を失わずに済んだかもしれないのに……。それだけが悔やまれる。しかし、私ほどの双極性障害の患者には、望んでも叶わない願いだったように思われる。

今、静かに過去を振り返ることが出来るようになっただけでも儲けものだ。

今日思ったことは、この特別な病気のことを少しでも多くの人に伝えられたらいいな、ということだ。知ってもらえて、理解してもらえることで、偏見や差別がなくなれば良いなと思ったことだ。みんな必死に生きている。障がいというリスクを背負って。それを知ってほしかった。

令和5年11月6日

「あなたは感謝の念が足りないようです」

そう言われた。

知り合いからではなく、たまたま知ることになった高校の同窓会の大先輩から言われた言葉だ。

その方が、悩み相談を受け付けます、とメールに書いてあったので、私は早速電話をした。

「私は、生き甲斐もなく、何をしたらいいのか分からずに悩んでいます」と。

その先輩は、いろいろと話してくれた。話すうちに、私が精神障がい者であることを打ち明けた。だから、何にも出来ないのだと言った。

その方は、私の話を聞いて、「全然そんな風には見えないですよ」と言ってくださった。

そうなのか、と思えた。

そうして、仕事がないから生き甲斐がないというのは関係がない、と言われた。

私が、今は父の介護を中心にしている、と言ったら、「介護は大切です。親孝行している証拠です」と言われた。そうして、それも一つの仕事だとも言われた。「お金は貰わないけれど、ちゃんとした仕事ですよ」と。

それから、こうも言われた。

「命をいただいて存在しているだけで十分」

なのだと。

それを聞いて私は、自分が欲張りなことを要求しているのかもしれない、と感じさせられた。

住む所にも困っていない。食べる物にも困っていない。着る服にも困っていない。友達もいる。母は亡くしたが、まだ父がいてくれている。夫もいる。子どももいる。こうして書く時間もある。家の中には、溢れんばかりの本の山。着物も買った。それは、ちょっと私には贅沢品だったようだが。

この病気になって、我慢をすることを忘れた。欲しいと思ったら、すぐに買い求めた。贅沢のし放題なのかもしれない。

それなのに、まだ虚しさが心を占める。

多分、私としては、社会貢献という名の仕事をしていないことが、ひっかかっているのではないだろうか。

もしこの本が、誰かのためになるのなら、それこそ社会貢献になるのだが。

専業主婦という狭い世界で生きている私は、考え方も偏っているのかもしれない。

感謝をしなさい、そう言われても文句が出てくる。

頭では分かっているのだが、心が動かない。

今生きていることに、喜びを感じていないから。嬉しいと思っていないから。

私なんて、いなくてもいいんじゃない？　と思えるから。

存在意義を示してくれる人がいないから。

夫はよく言う。生きていることに意味なんてない。生かされていることに感謝することだと。

私は、ずっとずっと、この世に生まれた意味を探していた。それなのに、何もないなんて、虚しすぎる。

あなたは、今、感謝して生きていますか？

令和5年11月8日

今日は、友人とランチをすることになっている。４人で集まるその会は「パンダの会」

と名付けて1か月に1回、定期的に集まっている。幹事は私がしている。

私を含めて4人全員に障がいがある。

2人は統合失調症。もう1人は双極性障害。

統合失調症の2人とはデイケアで知り合った。デイケアとは病院に併設された障がい者の居場所のような所だ。

もう1人の人は、私が働いていた作業所で知り合った。

みんな仕事が出来ず専業主婦をしているけれど、暇を持て余していた。

月に一度の頻度だけれど、それでも良い気晴らしになっている。

障がいのあることを隠さなくて本音で話が出来るのが一番の醍醐味だろう。

ランチの会場を毎回変えて楽しんでいる。

夫からは有閑マダムだと言われているが、仕事が出来るならそうしたいのが山々である。

友達がいるだけで喜ばしいことである。

健常者の人たちは、皆、正規職員やパートで忙しくて友達にはなれない。隣近所でも同じことだ。ママ友も自然消滅した。

この友達を大切にしようと思う。

一人ぼっちは寂しい。何も産み出さない。

なので、それ以外にも、入院するたび誰かと友達になっている。ＬＩＮＥでつながっている人もいる。

みんな大切な私の友達だ。縁があって出会っているのだから、不思議だと思う。

ずっとずっと切れないようにしよう。

令和5年11月11日

前に、精神障がい者同士の「パンダの会」のことを書いたが、そのメンバーの女性の方が、ある日こう言った。

「私、死にたいと何度も思った時期がある。体調が悪いと、もうこのまま死んでしまえばいいのに、と思う日々があった。でも先日、『余命10年』（監督 藤井道人、２０２２年）という映画を観て考えが変わった。私が死んだら家族や友人や周りの人たちが悲しむと思ったら、生きなければと思い返した」と。

私もその映画を映画館で二度観た。それぞれ違う人と一緒に観に行った。原作の本（小坂流加著 文芸社文庫）も買った。映画は原作とずいぶんと違っていたが、どちらも良かった。そして、私も深く考えさせられた。

「明日死んでも良いか？」と問われると、それはちょっと困るなと思う。せめて猶予が欲しい。どのくらいかは未定。でも、身辺整理をしてから覚悟したい。

私たち人間は、生まれた時から死へとカウントダウンしている。明日が来る保証なんてどこにも誰にもない。しかし、何故か当然のごとく明日は来ると思っている。それは奇跡でしかないのに。

案外みんな気付いていていないのではないかと思われる。

私は最近とても身近な方を失った。

と言っても、一度もお会いしたことのない方なのだが。その方とは、娘の彼氏のお父様だ。脳梗塞で倒れて、見つかった時にはもう手遅れだったと聞く。そのため、娘の婚期はしばらく延びることとなった。

一度はお会いしてみたかった。お話ししてみたかった。そうして、娘を託したかった。偶然で死んでしまうことなどないのであろうが、必然と言っても予期せぬ死は何かと後悔をもたらすものだと思った。

まだ50代だと思われるその方の最期には、自分の最期をどうすべきか考えさせられた。

本音を言えば、私は今死んでも構わない。

何も後悔するようなことがないから。あぁ、ああしておけばよかったとか、これからこうしようとか、何のプランもビジョンもないから。その日暮らしで、1日何事もなかったら有り難いと、その程度の感覚で生きているから。

夢も希望も何もないから。それが、54歳の今の感覚だ。

しなくてはならない義務もなく、したいと思う欲望もない。

せめて、一つだけしいて言えば、この原稿が仕上がって、誰かの目に触れることを望む。

こうやって、穏やかな気持ちで一文字一文字パソコンに入力してゆく作業は、ゆっくりとした時間の流れの中で紡がれてゆく。

言いたいことが上手く伝わるかどうかは疑問だが、書きたいように書いている。

思いついた時に、思うがままに書いている。

もし、今からの余命が分かったとしたら、私は今の生き方を改めるだろう。

時間がもったいなくて、急いで原稿を仕上げるだろう。そうして、出来上がった本を手にして、永遠の眠りにつくのだろう。

今日出来ることは、明日に回さず、明日の分まで今日やろうとするだろう。

怖いけれど、神様から私の寿命を教えてもらいたい。

しかし、死ぬより怖いことがある。それは、難病にかかったり、認知症になったりすることだ。闘病生活のことを考えると、周りの人にも迷惑をかけるし、自分もしんどいし、それならいっそ死なせて、と思うかもしれない。

しかし、現代の医療はそう簡単には人を死に追いやったりしない。病院にいる限り、あの手この手で延命治療を行う。それで本当にいいのか？　それで長寿大国と言えるのか？　とても疑問に感じる。

結論として、私は、限りある時間を有効に使うことにしよう。いつお迎えが来ても良いように。

令和5年11月22日

人はいつ輝けるのだろうか？

もっと簡単に言うと、いつ喜びを感じられるのだろうか？

私は、その人が必要とされている時だと思う。

義理の両親がスマホを買った。しかし、使い方が今一つよく分からないという。

それで、私の娘に教えてもらいたいから来てほしい、と電話があった。

優しい娘は、二つ返事で出かけて行った。

年老いた義父母にとって、孫は目に入れても痛くないほどかわいいらしい。何かと言っては私の子どもたちを呼びつける。し、スイカやミカンなどの果物、お菓子を買ってくる。

産んだのは私だと言いたいところだが、そんなことお構いなしだ。

嫁という立場は、いびられるか、ないがしろにされるかがおちのようだ。

娘には彼氏がいる。付き合ってまだ1年と半年くらいか。

そのくらいが一番盛り上がって良い頃だと思う。同棲したいと本人たちは言っている。

私は賛成しているが、相手のお母様が「働いて3年くらいしてからじゃないとねぇ」と渋っているらしい。男の人の3年と女の人の3年は大きく違う。特に年頃の23歳の娘は、もう専業主婦になりたがっている。仕事運がないのだ。だから、ズレが生じていて面倒くさい。私は結婚こそ、相手に必要とされる究極の形だと思う。早くこの問題が解決されれば良いと思っている。

今日は化粧品メーカーのメイクレッスンに行ってきたのだが、単にメイクと言ってもこんなに奥が深いのかと感心させられた。

私は、その中でも、きびきびと教えてくれる女性のスタッフを見て、輝いているなぁと感じた。手に職があって、講師も出来て、女性を綺麗にすることが出来て羨ましかった。

きっと、その人は、いろんな方から必要とされているのだろう。

私はというと、子育ても終わり、仕事もなくて、病院通いが仕事のようなもの。一応専業主婦なので、料理を作ったり掃除をしたり、親の介護をしたりもしているが、率先してやっている訳ではなく、仕方なくしなくてはならないからという義務感でこなしている感じ。

輝ける要因ではないと言える。

ボランティア活動もいくつかしたが、のめり込むほどではなかった。

自分の過去で一番輝いていた時は、やはり一番は大学時代で、二番目は高校時代で、三番目は仕事をしていた時だろうか。充実していたしやはりお給料を貰えていたのは大きかった。

今後も仕事は出来ないとなると、後は一体何で輝けばよいのだろう？

これといった趣味もなく、しいて言えば友達とランチに行っておしゃべりをするのが楽しみかもしれない。

そうして、こうやって書くことも私のライフワークと言えよう。

何もないところから何かを産み出す作業は面白い。自分がそんなことを考えていたのだなぁと読み返しながら一人感心している。

私の輝いている時間は、きっと書いている時だ。そうに違いない。

いつ、どんな時も、ネタになることはないか、と頭の中で構成している。

しかし、それ以外は輝いている時間がない。

誰かに必要とされていない。それが悲しい。

何か考えよう。自分を輝かせるもの。

令和5年12月31日

今日で令和5年もおしまいだ。掃除もしたし、買い物も行った。おせちも届いた。お正月に向けての準備は万端だ。

今年は、父の介護に明け暮れた1年だった。いつかはやってくる親の介護。父ももう85歳なので当然だ。母を79歳という早さで亡くしてしまったので、とても傷心した父はあわれだった。本人も、「三回忌までもたないかもしれない」などと呟いていた。それがもう来年が七回忌。月日の経つのは早いものである。

私は、下手に入院など出来なくなったので、気合だけで毎日を過ごしている。私が入院したら、父を看てくれる人がいないからである。

どんなに暑くても、どんなに雨が降っていても、どんなに寒くても、私はひたすらバスを待って、朝から実家へと出かける。

以前は帰りもバスで帰っていたが、左足を痛めて（足底腱膜炎）からは、父も気を使って帰りはタクシーで帰らせてくれるようになった。とっても助かる。

今は無職の娘が一緒に行ってくれるので心強い。優しくて、気が細やかで、お掃除好きの娘なので助かっている。

父も孫がやって来るのが嬉しいようで、何か話をしている。私が1人で行った時は、父はずっと寝ていた。別に悪いとは思わないが、差があるなぁと実感する。

私の願いは、ただ1つ。娘の花嫁姿を父に見せてやりたい。娘も喜ぶだろう。

今年を振り返って思うことは以上である。

さて、ここからは、来年に向かっての抱負を述べたい。

まずは、ゆっくりでいいからこの原稿を完成させたい。今はまだ半分くらいである。カメさんで良いので、終わらせたい。

次、脂肪肝を何とかしたい。更年期に入って、急にブクブクと太りだした。持っている服がことごとく入らなくなった。少ない年金で服をずいぶんと買い替えた。

要は、食べ過ぎと運動不足による。それを何とか解消したい。

次、着物が着たい。着物を着てどこかへ出かけたい。いっぱい持っているので、タンスの肥やしにしたくない。

着付け教室にも行きたいが、今はやっていないとのこと。時期を待とう。

次、日記帳を買った。それも5年日記。5年間毎日書き続けなければならない。どこまで頑張れるか、自分との勝負だ。

次、もう洋服は買わない。毎年毎年買い続けてきた。もうやめよう。違うことにお金を使おう。もったいない。

次、趣味を持とう。なんにしようか考え中。

次、入院しない。そんなの当たり前。健康管理に気を配ろう。

後はまた思いついたら付け加えよう。

今のところ7個。

まだまだ増やして、充実した1年にしたい。

それから、嫁入り前の娘との貴重な交流を大切にしたい。

以上、令和6年の抱負である。

令和6年2月19日

しばらくぶりに書く。毎日が平凡で書くネタがない。そんな中、勉強会に行ったので、そのことを書いてみようと思う。

それは、相続の話だった。

相続をしたい人が認知症になってしまったら、もう遺言書を書いても無効になるらしい。

なので、頭がしっかりしているうちに、遺言書を残しておくことを勧められた。

その方が亡くなってからも、もめないで良いから。

私には、借金はあっても残せる財産はないから書く必要はない。

問題は85歳の父である。

どんな遺産を持っているのか知らないが、もめないように遺言書を残しておいてほしい。

ところで、認知症は怖い。まだ父はなっていないので助かるが、なったら大変である。

自宅で看てあげられないかもしれない。

そうならないことを祈っている。

がんも怖い。本人が死んでも良いと思っているのなら良いが、まだ生きていたいと思っているのなら辛いだろう。

私はもう生きる気力を失っているので、がんにでもなったらなぁなどと考えているが、そんな人に限ってならないものである。それでも、告知されたらショックだろう。

あの世とは、どういう所なのだろう？

即身成仏出来ればよいが、そうは簡単にはいかないだろう。いろんな罪を作っているから。

人は知らないうちに、罪を作っていたり、他人を傷つけていたりするものだ。

私の母もがんで亡くなったが、今頃どこでどうしているのだろうか？

私も、これから出来るだけ罪を作らないように生きていきたい。

令和6年4月2日

今まで家でゆっくりと過ごしていた娘が、4月に入って、会社に出勤した。

これで、もう私は昼間一人ぼっちだ。

一人でいても楽しくない。そこで、病院のリハビリに入れてもらえないだろうかと考えた。私の通っている病院には専門リハという項目があって、手芸などを教えてくれる。

そこに通いたいと主治医の先生に話したら先生は、今はもう専門リハはなくなっていて、デイケアに含まれているとおっしゃった。

そこで、デイケアに行くことにした。本人が希望する時もあるし、主治医が行かせることもあるし、家族が希望する場合もある。

今回は、私本人が希望して入所することとなった。

私は以前も通ったことがあるので、体験入所はなしにして、すぐにでも入ることとなった。

アンケート用紙を渡されて、次に来る時までに書いてくるようにと言われた。

アンケートには緊急連絡先や、どうしてデイケアを利用しようと思ったかの理由や、デイケアで何がしたいかとか、あとアレルギーの有無や前回の退院日などいろいろと書く項目があった。

それらをすべて書き終えて、クリアホルダーに入れた。

デイケアのプログラムは多彩で、ヨガ、太極拳、スポーツ、手芸、絵画、音楽を聴くこと、陶芸などがあった。

お昼ご飯もそこで食べることが出来た。

私は、今とてもワクワクしている。

こんなことは久しぶりだ。

友達も出来ると良いな。

デイケア、楽しみだ。

令和6年4月8日

先週の4月3日水曜日、父が起き上がれなくなってしまった。

ケアマネさんからの報告では、毎週水曜日に来てくださる訪問看護師さんが、インターホンを押しても返事がないので、開いていた窓から家に入ってみると、父がいつもいる部屋とは違った、寝室に横たわっていたらしい。

尿失禁もしていたので、その処理をしてあげて、さらに何も食べていないようだったので、冷蔵庫からパンと牛乳を出して食べさせてあげたりしたとのこと。看護師さん様様である。

それを聞いて心配になったので、夫と一緒に実家に行くと、父がいつも寝ている洋間の窓ぎわで横たわっていて、またもや動けないと言う。私では重たくて起こしきれなかったので、夫が抱えて起こしてやると、やっと座れた。

本人曰く、体が思うように動かないのだそうだ。立ちたくても立てない。横になったまま動けない。本当に辛そうだった。

とても心配になったので、私はその晩泊まることにした。服用している薬だけ夫に持ってきてもらって、普段着のまま寝た。

その晩、熊本にいる妹に電話をして、状態を知らせた。すると、すぐに明日新幹線で来ると言ってくれた。心強かった。

次の日の朝、7時ごろ、洗面所のほうで音がするので行ってみると、父が立って洗面所で入れ歯を入れる用意をしていた。立てたんだ。良かった。ホッとした。

朝9時ごろ、妹がお弁当を持ってやって来た。

それから、父といろいろと話をしていた。

「リハビリを受けたら?」と言っていたが、父は嫌がっていた。これ以上他人と関わるのが煩わしいらしい。マイペースで過ごしたいのだと思う。

妹は、山のようにたまっていた洗濯物を洗濯して、掃除機をかけて帰っていった。

すると、父が私に「もう一晩泊まってくれるとありがたいんだがね」と言い出した。お風呂にも入っていなかったし、何もすることがないので、とっとと帰りたかったが、心配なのでもう一晩泊まることとした。

妹のおかげで、実家にいても、することがないのでそれが困る。

掃除も洗濯も前の日に終わっていたし、料理は基本実家では材料がないので行わない。

父は夜は宅配の冷凍のお弁当を買っていて、電子レンジでチンして食べている。朝と昼はよく分からない。おそらく、私と夫が毎週土曜日に買い物に行って買ってきてあげている食材の何かを食べているのだろう。

仕方なく、私も父と一緒にこたつで横になっていた。それも飽きて、以前実家に持ってきていた漫画の本を読んだりしていた。

父の様子を見ていると、確かに以前より歩く歩幅が狭くなっている。それに、一度座ったり寝たりしたら、起き上がるのに苦労をしている。それでも、私のいる間は、何とか自力で動いていた。

もう一晩泊まって、様子を見ていると、大丈夫そうだったので、午前中に帰った。

その時、父と約束をした。毎日午後6時半から7時の間に電話をすると。生存確認をするのである。父も不安なのだろう。もう、要介護3で、一人暮らしには限界があるのかもしれない。しかし、私も病気を持っている。

そうして、私は念願のデイケアに入れるのである。

父から、今まで木曜日と土曜日に来ていた回数を増やしてほしいと頼まれた。なので、月曜日の午後も行くことにした。今が親孝行出来る最後のチャンスだから。

これから、父の容態がどうなるかまだ分からない。でも、精一杯尽くすつもりだ。

仕事のない私の、唯一の仕事なのかもしれない。

令和6年5月10日

メンタルをやられると生きづらくなるし、ややこしい。

私は、頭がおかしい人、というレッテルを貼られて疎外される。

同情してくれるならまだ救われる。排除されないから。

健常者には分からないような屈辱を何度も味わってきた。

それだからこそ、私のような生活弱者が声を大にしていろいろな苦しみ、悩み、辛さ、もどかしさを発表する場が必要なのだと思う。

仕事が出来るということが、どれほど有り難いことか、健常者には伝わっているのだろうか?

失ってからでは遅すぎる。

私は良くなるどころか、どんどん悪化する一方だった。

だから、人並みの幸せを諦めた。

精神障がい者としての幸せを新たに見つけようと思った。

大人なのに、お酒も飲んではいけないし、車を運転してはいけない、では何の楽しみが残るだろう。

私は、私を大切に扱ってくれる場所を探した。

そして、それが病院のデイケアだと気が付いた。

デイケアがあってくれて良かった。

居場所があって良かった。

令和6年5月27日

私の亡くなった母の実家は、お茶園である。

私の母は、実家からお茶を取り寄せて売っていた。その流れで、私もお茶を売っている。

新茶の出るこの時期が1年で一番忙しい。

新茶の注文を取り、発注し、荷物が届いたら注文をしてくれた人別に袋に入れ、郵送したり、届けたりしている。

新茶の注文をしてくださる方は様々で、一番たくさん注文してくださる方は、以前作業所で一緒に働いていた方だ。

一人で30本も注文してくださった。

後は、昔気功教室で一緒だった方で、20本。

お友達の分も頼んでくださっているようだ。

それ以外は皆2本ずつくらいか。

私は近い将来また注文してくださるのを見越して40本頼んだ。

合計すると114本だった。結構な本数になった。

この時以外にもお茶を頼まれることもあるけれど、だいたい新茶の時期にのみ注文を取る。それには、障がいのある方々も多く含まれる。私の人脈は健常者ではなく障がい者と入れ替わった。

だいたい、市役所で働いていたらこんなことはしていなかったはずだ。でも今は一切働けないのだ。このお茶の仕事以外は。

仕事としては雲泥の差だ。やりがいに欠ける。知識も増えない。それでも毎年新茶の注文を取るのは、待っていてくれる人がいるから。美味しいと言ってくださる方がいるから。障がい者の私でも役に立つことがあるなら、それに越したことはない。みんなが喜んでくれるならなおさらである。

本当は気付き始めているのだ。私の存在意義に。長生きしたいとは思わないが、今この瞬間、生きていて良かったと思える時が増えている。新茶の時期は特にそう思う。待っていてくれる人がいるってことは、なんて嬉しいことなのだろう。感謝しなければ。

些細なことかもしれないけれど、その積み重ねが大事なのだと思う。

こんなにたくさん時間を貰って得をしている。書いている自分がいる。それは、奇特なことではないだろうか。

嘆いてばかりいては一歩も前には進まない。

この現状をどう楽しく過ごすか、有益なものにするか、をこれからじっくりと考えていこう。そして、いつか最期を迎える時、良い人生だったと思えるような生き方をしよう。

令和6年5月28日

発想の転換とよく言われる。

考え方を180度変えるのである。

私は県立高校を出て、国立大学に入って学んで、そのままストレートで政令指定都市の市役所に就職した。そうして、そこで17年もの間勤務した。

それを、上司のパワハラと同僚のモラハラによって退職に迫られた。

こう書くと、「なんてもったいない」となるだろう。

仕事が好きだった私にとっても、とてもショックなことだった。

でも、神様は私に、精神障がい者の道を行くように命じた。

最初の頃は落胆してばかりだった。市役所に帰りたかった。何もすることのない毎日が恨めしかった。誰にも必要とされていないようで辛かったし寂しかった。

私の病気は、良くなるどころかどんどん悪くなっていった。双極性障害だけでなくパニック発作も併発しているので、どこにも行けなかった。時々は、家に一人でいるのが苦しくなって、過呼吸を起こし、これでは身がもたないので、近くに住んでいる義理の両親を頼って、そこで休ませてもらったりもした。一人になるのが怖かった。

家族が職場や学校から帰ってきたら、迎えに来てもらった。ようやく安心出来る家庭環境になったから。

私の場合、双極性障害よりパニック発作のほうが辛かった。過呼吸で息が出来ないのである。苦しくて苦しくて死にそうだった。もういっそのことこのまま殺してくれと言いたかった。

それを抑える薬を貰ってから、少しずつ解消していった。薬の力は素晴らしかった。

だんだんと、一人で家で留守番をすることが出来るようになった。

でも今度は、うつの波に悩まされた。全く起き上がれないのである。家事が一切出来ないのである。特に食事の支度は困った。

初めのうちは、夫が代わりにしてくれていたが、仕事をして、育児もして、それに食事の用意までするのは無理があった。夫もだんだん疲れてきていた。

そんな時、ヘルパーを雇わないかと誰かが言ってくれた。

私は、まずは実費でグリーンコープのヘルパーステーションを頼った。

週に3回、月、水、金に来てもらって、1時間で4人分の夕食を作ってもらった。

夫の表情が明るくなっていった。負担が極端に減ったからであろう。そうして、美味しい食事を取ることが出来たからだろう。

その後、友達が区役所に申請すれば上限があるが安くヘルパーを雇うことが出来ると教えてくれた。それで、金銭的な負担が減った。有り難いことである。

そのうち、うつの波もなくなって、ヘルパーさんと一緒に調理が出来るようになった。

今では、もう一人で夕食を作っている。

徐々に普通の健常者と同じような行動が出来るようになってきている。

でも、仕事はもう駄目だ。覚えられなくて忘れるのが早くて、体力的に無理があるから。

40代の時はずっと就活をしていた。

でも、50代になってすっぱりとやめた。

私に向く仕事はもうないのである。

仕事をしていないと社会に適合していない気がしていた。でも今思えばそんなことない。専業主婦だって、大事な仕事だ。そう気付いたのは最近のことである。家庭を守って、いつでも家族が心地よい空間を作り出すこと。

それは簡単なようで難しい。

話はそれるが、私は誰のために生きているのか?

その答えは、自分自身のためである。だからもっと自分を大切にしてあげて良いのだと思う。死にたいなんて考えないで、もっと楽しく生きようと考えるべきである。

そのことが、きっと周りの人も幸せに出来るのではないかとふと思う。

特に、病気の父にとっては、私一人が頼りなのだ。私がいないと病院にも通えないし、家の中も綺麗にならないし、買い物だって出来ない。私は、もう父の体の一部なのだ。

仕事をバリバリして社会貢献するのも偉いかもしれない。

でも、たった一人の父親を看てあげるのもそれと同じくらい大切なことだと思う。

私は、他人と自分を比べることをやめようと思う。私の物差しで物事を判断すればよいのだ。誰が偉くて、誰が劣っているなんてことはないのだ。

そう考えると、気持ちが強くなってくる。

私を育ててくれたお父さんを世話してあげられることは、本当はとても幸せなことなのだ。とても大切なことなのだ。誰かがやらなくてはならないことだ。有り難いと思わなければ。

生きている今に意味があるのだ。

令和6年6月9日

私の統合失調症の知人が、グループホームを飛び出して失踪した。いつのことだかは忘れた。それくらい時が経っていた。

その彼女が、なんと私と同じ病院に入院しているらしい。それが分かったのは、つい最近のことだ。彼女から手紙が来たのだ。

番地が違っていたが、宛名に私の名前が書いてあったので、郵便局の人がわざわざ訪ねて来てくださって、持ってきてくれたのだ。

本来なら1丁目に住んでいるのに、2丁目としか書かれておらず、しかし、後は名前が一致していることが決め手になったらしい。

夫から受け取った封筒の差出人の名前を見て、ビックリ仰天したのは言うまでもない。あんなに音信不通で行方知れずだったからだ。

手紙の内容は、一身上の都合で旅に出て、うろうろしている間に携帯電話を落としてしまい、一切の連絡先が分からなくなった。私と彼女との共通の友人の安否を知りたいから、電話番号が分かれば教えてほしい。現在病院に滞留させられて、出ようにも出られない。しっかりした身寄りなどもなく、心からの相談者もおらず孤立してとても寂しい。ぜひ会いに来てください。うんぬん。

正直に言って、今さら何を言っているのだ、と思った。

彼女は生活保護を受けていたので、グループホームの彼女の部屋のポストに、保護課から連絡をしてほしいとの内容の手紙が来ていた。

失踪した当時、本当に誰も何も理由も分からずじまいだった。

しかし、たまに私のところに電話がかかってきて、今どこどこにいるんだけれど、この近辺に詳しい人はいない？　などと訳の分からない内容の話をしたりした。

持ち歩くのが不自由なので荷物を預かってほしいという依頼もあり、宅配便で自宅の倉庫が3分の1埋まるくらいの大きさの荷物が送られてきたこともあった。

私は彼女に良いように使われていたのだ。

荷物は一時期預かっていたけれど、邪魔になったので、指定の場所へ送り返した。

それからというもの、一切の連絡が途絶えた。私は、彼女の居場所を知るために警察にも捜索願を出したが、身内でないため却下された。それで、もう捜すのを諦めた。

そうして、4～5年が過ぎた。

そしたら、なんと同じ病院にかかっているなんて思いも寄らなかった。

どういう経緯で今の病院にたどり着いたかはまだ謎である。返信の手紙に教えてほしいと書いたが、教えてくれなかった。

私は今、彼女と文通をしている。

基本、入院中の精神障がい者の患者は、身内以外は取り合ってもらえないことになっている。

ただし、手紙やはがきは大丈夫である。電話も出来る。

私は、彼女と親しくしてよいものかと検討中である。人騒がせなことを起こし、今さら帰ってきたからまた仲良くしましょうなんて虫が良すぎると思う。

突拍子もないことをしてしまうのは病気のせいかもしれない。だから精神障がいは恐ろしい。私も、かつて同じように、周りを振り回し、辛く当たったり、怒らせるようなことをしたりと、人のことを言えた義理ではない。

では、彼女はどうしたいのか？　全く読めない。もう、余計なことに首を突っ込みたくない。

同じ障がい者といえども、仲良くなれる人となれない人の差がある。

依存されるのは、まっぴらごめんだ。

どうして、この土地を離れる前に相談してくれなかったのだろう。悔やまれる。いわゆる自分勝手な人なのだろう。

本人に自覚があるかどうか分からないが、他人を振り回すのはやめてほしい。もう、昔のように仲良くは出来ないだろう。寂しいけれど、彼女のペースに巻き込まれたらおしまいだ。私は、毅然として出来ないことは断ることにしようと思う。

令和6年6月21日

ある日のこと、私と夫と娘と3人で話をしていた。

その時私がこう言った。「あぁ、大学の時教員免許を取っておけば、転職出来て良かったのに」と。

すると娘が、「お母さん、その話もう何回も聞いた」と言った。

すかさず夫も「心で思うのは構わないが、それを人前で口にするのはしてはいけないことだよ」と。

そうなのだ。私の悪い癖で、どうしても昔の自分に執着してしまうのだ。

同窓会に行っても、専業主婦なんて私1人くらいのもので、周りの人たちは皆偉くなって管理職についている人が多い。

だから、話がかみ合わなくて行っても全く面白くない。皆自分の仕事の自慢話か愚痴しか言わない。

仕事をしていない、持っていないことでこんなにも引け目を感じるなんて昔の時代では考えられなかったことだろう。

女性は家庭を守って、子育てに専念して、夫の言うことを「はいはい」と聞いていればよかった。

それがいつの間にか共働きが当たり前となり、パート、アルバイト、派遣、契約も含めて何かしら仕事をしていないと変な人呼ばわりされるようになった。

私は仕事の労働災害で職を失い、地位も名誉もプライドも何もかも奪われてしまった。

そして、おまけに精神障がい者の一員となってしまった。

こんなに悔しいことはない。こんなに頭に来ることはない。悲しくて、苦しくて、心が弱くなって、引け目を感じて生きていかなければならないなんて、健常者の時には全く思っていなかった。

何も誰にも誇れるものがないのは虚しい。

普通ではないので歯がゆい。

人権、人権と叫ばれてはいるけれど、全く人権なんかない。

迷惑がられるか、嫌われるか、哀れと思われるかそんなところだ。

今一番の願いは、「仕事を持ちたい」。

だからこうして書いている。作家、文筆家という地位が欲しくて必死で頑張っている。世の中に抵抗している。

精神障がい者だってやれば出来るのだと知らしめたい。

私は障がい者になったことに対しては全く喜んではいないけれど、こういう世界があることを学べたことに対しては感謝している。

知らないでいたら一生幸せだったかもしれないが、知ってしまった以上私は闘う、世間の常識というものと。

そして死ぬ時、「よく頑張ったね」と自分を褒めてあげたい。まだ当分死にそうにないけれど、いつ死ぬか分からない。毎日を悔いのないように生きたい。精一杯生きたい。

令和6年7月13日

私の父は、仕事柄威厳があって厳格な父親だった。その仕事とは、高校の数学の教師だった。それも、私立高校の特進科を受け持っていた。電気科や自動車科など専門の科が多い中、特進科はちょっと並外れていた。

特進科の生徒は基本大学受験を目指していた。

学校の中ではエリートコースだった。

しかし、学校全体のレベルが他校よりずいぶんと低かったため、一流の大学に進学出来る生徒はいなかった。

それでも父は諦めずに、名刺を大量に刷って持ち歩き、私立高校の受験校区内の中学校へ赴いては、自分の名刺を渡して、「ぜひ、我が校に生徒さんを受験させてください」とお願いして回っていた。

そんな父が、認められて副校長になり、私が結婚式を挙げる頃には校長になっていた。ちょうど父が還暦を迎えた年だった。

そんな父は、母と共通の趣味を持っていた。

旅行、クラシックの音楽鑑賞、観劇、美術館巡り、などなどである。

どれもお金がかかる趣味だが、校長ともなると給料も高かったらしい。何の気兼ねもなく趣味を謳歌出来たようだ。

その二人に、突然悲劇が襲った。母ががんであることが分かったのである。ショックで言葉を失ったことを今でも鮮明に覚えている。

抗がん剤治療も行った。でも、もう気付いた時には遅かったのである。母は、手術をした大学病院からの紹介を受けて、緩和ケアに切り替えられた。

その病院は、私の自宅からも歩いて行ける所だったので、私は毎日通った。

そして、食事の介助を行ったり、洗濯物を持って帰ったり持って行ったりした。

だんだんと弱っていく様を見せつけられながら、私は母の死の覚悟をしていった。

平成30年9月27日午後9時4分、母はあの世へと旅立って行った。

父は、がっくりと肩を落とした。「もう三回忌までもたないかもしれない……」とこぼしていた。それがもう今年で七回忌である。年月の経つのはなんて早いのだろうと思わせられる。

父も老いた。もう86歳である。

そんな父を、病魔が襲った。最初、ケアマネさんから連絡があった。その後、詳しいことは訪問看護の看護師さんから連絡があった。

「お父様の陰嚢がたいそう腫れています。一度病院に行かれたほうがよろしいかと思われます」と。

それで、泌尿器科を受診したところ、「これはうちでは診きれません。大学病院を紹介します」と言われた。腫れがひどかったのである。

それを受けて、夫と3人で紹介先の大学病院へと赴いた。そこでも、ドクターから驚かれた。そして、手術を勧められた。そうしないと、いずれ腹膜炎を起こして、最悪死に至ると脅された。

父は85歳の時にパーキンソン症候群と診断され、薬を飲みながら生活していたが、今度は86歳にして鼠径ヘルニアの手術を受けなくてはならなくなってしまった。

しかも、紹介を受けた大学病院では手術が出来なくて、また自宅から遠くて便利の悪い大学病院の姉妹病院を紹介された。

仕方なく、今度は妹が付き添ってくれて、タクシーで5000円くらいもする遠い病院へ行ってきた。

そこでも、紹介状を受けた先生が、父の患部を見て驚いていた。

「普通の鼠径ヘルニアはだいたい1時間で手術が終わるのですが、お父さんの場合、3時間はかかりますね」と言われた。大手術になるのだそうだ。しかし、このまま放置しておくのは危険なので、手術をお勧めしますとのことだった。父も観念したのか手術をすることに同意した。

さて、それからが大変である。入院の準備をしなくてはならないのである。病院から貰った冊子を見ながら揃えていった。その中に、今飲んでいる薬も持ってくるようにと書かれてあった。私は、どのくらい残っているのか確かめてみた。すると、もう1週間分くらいしか残っていないことに気付いた。

なので、「来週病院に行こうね」と言うと、何故か父は嫌がった。そうして、「1日おきに飲めば良いだろう」と訳の分からないことを言い出した。毎日飲まなくてはならない薬なのにそんなことをして良いはずがない。私は大声で怒鳴った。

「薬は毎日飲まなくてはならないの。そんなことくらい分かっているでしょ。来週病院に行くからね」

病院に行きたくない気持ちは私も同じだ。

疲れるのだ。でも、薬を飲まないと、立つことも出来なくなる。そのくらい大切な薬なのだ。私も薬なしでは生きてゆけない。そういった意味では同じだろう。

私は、父の手術が終わるまで、どこにも出かけないことにした。注意事項に家族が熱を出したり感染症にかかったりしたら延期すると書いてあったからだ。それで、すべての用事をキャンセルした。友達との食事会も、浴衣で食事をするイベントも、デイケアも、映画も、何もかもを取りやめたのだ。そして家にこもった。どこにも行けず、誰にも会えないのは辛かった。でも、父のためと思って我慢した。２週間くらいはそんな生活をしなければならなかった。

毎日が長かった。何もすることがない、何の予定もないというのがこんなにもつまらないものだとは思ってもみなかった。

これを書いているのが、我慢生活の１週間が終わった時点だから、この生活は来週まで続くのだ。そしてようやく父は入院する。手術が上手くいってくれると良い。

入院中も何度か通わなくてはならないだろう。父が入院したら反対に忙しくなりそうだ。

令和6年7月29日

自宅に一人でいなければならないことがこんなにも苦痛だとは思ってもみなかった。

誰とも会わず、誰ともしゃべらず、誰とも食事を一緒にせず、誰とも遊ばない。

面白くない、の一言に尽きる。

人は人と接してこそ人となるんだなぁと感慨深く思えた。

ただでさえ仕事をしていないのである。

人と接する時間がほとんどない。つまらない。

それに輪をかけて、どこにも行けない。

なんだか感情がなくなっていくようだ。

感動することもなく、嬉しいこともなく、楽しいこともなく、でも悲しいこともない。

頭がボケてしまいそうだ。

何もすることがないと、やる気も出ない。

結局ゴロゴロして一日が終わる。それで眠くならなくて夜が眠れない。昼夜逆転現象が起こる。もっともいけない。

世の中の専業主婦の方々は何をしているのだろう?

お菓子を作ったり、手芸をしたり、ジムに行ったり、本を読んだり、音楽を聴いたり、テレビを見たり、そんな感じかなぁ。

でも、そのどれもやりたいとは思わない。

早くデイケアに行きたい。
仲間と一緒にヨガをしたり、卓球をしたり裁縫をしたりしたい。
デイケアで出るお昼ご飯を食べたい。
入院が8月1日だから、あと3日。
でも、その後もしばらくは感染症対策で出歩けないだろう。
いつまでこうしていなくてはならないの?
だんだん限界になってきている。
デイケアくらいは行ってもいいかな。
元気な人しか来ていないから。
1週間に一度で良いから行きたい。
もう、こんな生活限界。

令和6年8月5日

今日は最悪の一日だった。

大学病院から紹介された、自宅から遠い姉妹系列の病院の先生が、父の心臓が肥大していて、麻酔が覚める時に心不全を起こすかもしれないから、と言って手術を断ってきたので、また今日最初に行った大学病院で説明を受けることになっていたのだが、予約時間が10時半だったにもかかわらず、ずっと待たされて呼ばれたのが12時近かった。

そして説明されたことは、父のヘルニアの手術をするのに有名な先生を呼んだから、というものだった。そして、もう、入院日も手術日も決められていた。病院の都合だろう。

その前にパーキンソン症候群もかかえているので、15日に神経内科を受診し、19日に入院し、20日に手術するのだそうだ。

そうして、入院する人のための説明が行われるコーナーに案内された。

まずは、事務の方の説明。次に看護師さんの説明。

その看護師さんの説明がえらく長くて、父が途中で「お腹が空いた」とごねてきた。

確かに、朝9時半には家を出て、診察の予約の10時半からずっと待たされて、1時間半以上は待っていた。それから、12時を過ぎても終わらない。

父は、長年教師をしていた影響もあって、体内時計がはっきりしている。12時に自宅でゆっくりと昼ご飯を食べたかったに違いない。

その気持ちはよく分かる。でも、自分の手術なんだからもっと協力的に真剣に説明を聞いてほしかった。人任せにせずに。

86歳の老人にそれを求めるのが間違っているのかもしれない。せめて、黙っていてほしかった。

しかし、看護師さんの説明の時には、駄々をこねる子どものように、お腹が空いた、帰りたいを繰り返した。

結局、すべての説明を聞かされたのは私だった。妹もいたが、あてにするのははばかられた。妹は仕事で忙しいのだ。なので、説明書は私が持って帰った。

それから、会計を済ませて全部終わった時、父がお昼ご飯に食べるサンドイッチを買いたいと言い出した。私たちは病院内のコンビニに立ち寄った。

父の車椅子を押して、パンのコーナーに行くと、父は自分の食べる分だけをカゴにとって精算を済ませた。

帰る時も、タクシーの乗り降りでもたつき、家に入ったら入ったで、マイペースで自分のお昼ご飯のことしか考えていない。

もう、時間は2時を過ぎていた。

しかし、私のことなど目もくれず、黙々とサンドイッチを食べている。なんだかとても虚しかった。昔はこんな父ではなかった。一緒に好きなものを買いなさいと言ってくれていた。

こんな気持ちで、これから介護など出来るのだろうかと不安になった。

令和6年8月21日

8月18日（日）のお昼、父が救急車で大学病院に運ばれた。その日の午前中に、次の日の入院に合わせて来ていた妹と一緒に私は入院の準備をしに実家を訪れていた。

そして、準備が一段落付いたので、姉妹でランチでもしようということになり、お昼の12時から家を出た。そして1時ごろ帰ってきた。すると、トイレのほうで父がうずくまって動けなくなっていた。

慌てて二人で動かそうとするのだが、びくともしない。

私は、父が反対するのを押しきって１１９番通報した。

救急車がやって来て、隊員３人で父をトイレから引きずり出した。そして、受け入れ先の大学病院へと向かった。その大学病院は、明日入院する予定の病院だった。私は父に付き添い救急車に乗った。

それから病院に着くと、待合室で待たされた。

しばらくして呼ばれて医師の説明を受けた。

父は熱が38度以上もあると言われた。

これから原因を突き止めるので、また待合室で待っていてください、と言われた。

何時間が過ぎただろう。再び医師の説明があるのでと呼ばれた。

CTと血液検査の結果、異常はないのでこの熱は熱中症によるものと思われると言われた。

それから、「明日入院なら、もう今から入院しましょう」と言われ病棟に上がった。

精神障がい者になることは老いることと似ている。

今まで出来ていたことが全く出来なくなる。

どんどん経過が悪くなる。

社会参加が出来なくなってしまう。

などなど。

父を見ているとそう感じた。

家での生活が出来なくなってしまって、病院を転々としたり、最後は施設に入って生活しなければならない。

私だって実家に父がいてほしい。

でも24時間介護が出来るかと聞かれると、こっちが発病してしまいそうで無理。

父の気持ちを考えると、自宅で過ごせなくて介護施設で過ごすなんてまっぴらごめんだろう。

それは、私が体調を崩して入院させられてしまうのと同じ気持ちだろう。

父は一度介護施設に入ると、そこでの生活が一生続くのだ。

気の毒としか言いようがない。

日常が変わらず過ごせていることが、どんなに素晴らしいことかよく分かる。

「お父さん、ごめんなさい。お家に帰りたいよね。でも、もう私たち姉妹は限界なのです」

もし父が歩行出来て、一人で家で暮らせるのならいつでも歓迎する。

これからどうなるのだろう。

これからどうしたらいいのだろう。

悩むところだ。

さっき、病院へお見舞いに行ってきた。

父は、食事は出来るようになったが、排泄が上手くいかないらしい。なので、ずっとおむつをして、尿道にカテーテルを入れているらしい。

これでは自宅に帰ってくるのは無理そうだ。

母は79歳でこの世を去ったが、病名は子宮体頸がんだった。気付いた時にはもうほとんど手遅れだったが、手術を行って経過をずっと観察し続けた。手術後は割と元気で、一緒に買い物に行って服を買ってもらったりした。

がんは執行猶予付きの死だと思う。

いつ死ぬかだいたいのことが分かる。だから、終活もしやすい。

いつ死ぬか分かっていたら、したいことをして、あの世に行きたい。

でも、父は85歳にしてパーキンソン症候群と診断された。こんなにも年を取ってから難病になるなんて辛いだろうと思う。それに心臓も悪い。そして鼠径ヘルニアがある。もう86歳なのだから、鼠径ヘルニアくらいほっといてもいいのじゃないかと思うが、腹膜炎を起こす可能性が高いため、ほうってはおけないらしい。

どうして、こんなにも、次から次へと病気になるのだろう。高齢者になると病気のリスクは高まるだろうが、自分の身辺整理も出来てはいないのに、気が付くと病院のベッドの上となるとどうしようもない。

私もゆっくりと身辺整理をしていかなければならない歳になったのかもしれない。

母と父の運命の差について、感慨深いものがある。どうしてこんなに違うのだろう？　歳も近く、経験もそんなに変わらないだろう二人の生きざまと死にざまが大きく違う。

私は、もう精神障がい者で病気をかかえているのだから、それ相応の心構えで生きていかねばと思う。

半分は死んでいるような身の上なのだから、限られたことをやってみよう。

令和6年9月1日

私は友達が少ない。小学校3年生で転校したということもあって、なかなか新しい学校になじむことが出来なかった。

私は母に相談したことがある。

「友達がいない」と。

すると母はこう言った。

「クラスに一人くらい一人ぼっちの子がいるはずだから、その子に声をかけてみなさい」

確かによく観察してみると、一人の子が何人かいた。

それで、そのうちの声をかけやすそうな子に友達になってくれないかと頼むと、その子も一人だったのが寂しかったのかすぐに仲良くなれた。でも、それは1年間の限定のことで、クラス替えがあるとまた一からのスタートだった。

だから、もう人に頼るのはバカらしいのでやめた。そうして、勉強で頑張って見返してやろうと思った。

小学3年生から中学3年生までの話である。

私は家族に恵まれていた。妹が一人いたが仲も良かった。両親がどちらかをひいきすることがなかったからだろう。

私は早く結婚したかった。早く運命の人と出会って楽しく暮らしたかった。

でも、友達はおろか彼氏も出来なかった。

神様はお家の人が良い人だから、外部の人とは上手くいかないようにしているのではないかとずっと思っていた。

そんな頃、大学時代に好きな人が出来た。

でも、その人には彼女がいた。だから、ずっと黙っていた。でも、卒業まであと1年しかないという時に、告白してみようと思い立った。

少しチョコをあげるくらい許されると思った。そしたら、彼はすごく喜んでくれた。私は調子に乗っていた。

しかし、だんだんと辛くなっていって、夏休み頃に、もう会わないと宣言した。彼も分かったと了解した。

なのに、そう言って帰った後、寝ようとしても一睡も出来なかった。この時点で、もう頭がおかしくなっていたのかもしれない。

私は、実は、もう彼と彼女が婚約していることを知らなかった。正確に言うと、彼は私にそのことを話したようなのだが、私の記憶にはなかった。ショック過ぎて受け入れがたく記憶喪失状態になったらしいとしか言えなかった。婚約までしていると自覚していたら一切関わりを持たなかったのに、後の祭りである。

私と彼とは卒業以来ほとんど会っていない。

同窓会のある時に顔を合わせるくらいで、会話もしていない。

それは何故かというと、私が卒業後実家に帰ってから、彼のことが忘れがたく、ずっと一人で会いたいと思っているうちに、頭がおかしくなって、彼に私の大切な物、例えば写真とか、成績表だとか日記帳だとかを送り付けていたからだ。

彼のほうはびっくりして、すぐに送り返してきて、手紙が添えてあった。

「もうすぐ結婚します。二度とこんなことをしないようにしてください」

その手紙を見て、我に返った私は、ようやく長い長い恋愛の呪縛から抜け出せたのだった。

その頃、体調も崩し、入院もした。24歳の6月だった。

病名は「心因反応」。ショックなことがあって一時的に混乱状態に陥ること、だった。

心の傷は深く、脳にまで刻まれてしまった。

私は、産後躁病がこのことと関係していないとは言えないと思っている。

脳に回路が出来ていて、眠れない日が続くとか何かの引き金で精神状態が不安定になるのだと思う。

昔好きだった人を思い出すと、その人が私の運命の人だと信じて疑わなかったことを思い出す。そうして、その人が私の存在意義を見出してくれたことも。

その人といたら、病気にはならなかったかもしれないし、やはり発病していたかもしれない。どちらとも言えないが、私は発病していなかったと思う。

もう、30年も前の話で、現実味を帯びてはいないが、そういうこともあったと記しておこう。

私の運命を変えてしまった人として。

今も時々思い出すけれど、全く病気にはならない。時間が解決してくれたのだろう。

今の夫は本当によく出来た人だ。私にはもったいないくらい。大切にしよう。

令和6年9月15日

今日は、母の七回忌だった。

それなのに、一番いなくてはならない父がいない。父は、まだ、紹介された先の大学病院に入院しているのだ。

話はさかのぼるが、昨日妹夫婦が遠方からわざわざやって来てくれた。そうして、候補に挙がっている有料老人ホームを見学に来たのだ。もちろん、私たち夫婦も同席した。

まず部屋を見せてもらった。感想は、割と広くて過ごしやすそうだという意見に一致した。

次に、料金のことを聞いて、最後に持ってくるものを説明していただいた。

その時点では、まだ父は面会謝絶となっていたので、本来はお試し期間を経て本決まりとなるのだが、今回は特例として病院から直接お試しをせずに入居することとなった。

老人ホームを後にした。しかし、その後、父の病院の先生に、老人ホームに入ることを父に承諾してほしいのだが、今は会えないことになっているのでどうすれば良いかと聞いたところ、特別に面会を許してもらって、大事な話だから家族でよく話し合ってくださいと言っていただいた。

次は、父との面談を行った。

父はすっかり様変わりしていて、ベッドに横になっていたが、目はうつろで入れ歯もしていなかったので何と言っているのか聞き取るのが難しかった。

妹が父に本題を切り出した。

「お父さん、お父さんはここの病院を出たら老人ホームに移るのよ」

すると、父はこう答えた。

「言われるがままに従います」と。

もう、先生からも、要介護3でパーキンソン症候群もかかえているのでは、自宅での一人暮らしは無理ですよと諭されていたようだ。

全く抵抗せず、受け入れてくれたので助かった。

父との話は終わって、次に師長さんに先生と面談をしたいと申し出たら、今は忙しいので後からお電話しますと言われた。

時計を見たら、もう11時半過ぎになっていたので、一旦実家でお弁当でも食べて待っていようということになった。

すると、すぐに妹から電話があって、「先生が今日の1時に会ってくれるって」と連絡があった。そこで、すぐにご飯を食べてまた病院へと戻った。

先生が診察室に入られるのが見えた。

待合場所で待っていた私と妹が呼ばれた。

そうして、「退院日のご相談なのですが」と妹が切り出した。

すると先生は「いつでもいいですよ」とおっしゃってくださった。

そのあと師長さんが気を利かせて、施設の方も面会に来られても良いですよと言ってくださった。いよいよ父の人生が再スタートした。

令和6年9月18日

私は、パニック障害にみまわれて退職を迫られた時、人生はもう終わったと思った。

41歳の冬であった。

それからというもの、本当に人生の歯車は正常な人と真逆に動いている感覚だった。

親しかった健常者の友人をなくし落ち込んだ。

しかし反対に、精神障がい者と呼ばれる人たちの友人は増えた。

仕事がないということは、全くすることもなく行く所もない状態だった。

毎日毎日部屋でゴロゴロと寝ていた。

そのせいで、夜が眠れなくなり、昼夜逆転してしまった。

夜になるにつれて目が冴えてきて困った。

そうして、昼になると眠たくなるのである。

運よく夜眠れた時は、今度は朝が起きられなくなり昼まで寝ている。一日中体がだるかった。

しかし、一番活動している時間帯もある。

それは夕方の4時半ごろからである。

何故かというと、晩ご飯を作らなければならないからである。

6時に帰ってくる家族のために、私は1時間くらいかけて食事を作る。

以前はヘルパーさんと一緒にしていたが、お金もかかるし、一人で出来るようになるまで回復したので、一人でやっている。

でも、時々、嫌になることもあるし、寝過ごすこともある。

そんな時は、外食をするか、お弁当を買いに行く。

食事が終わったら、私は、掃除をしなければならない。掃除をして綺麗になった床にしか洗濯物を置いてはいけないと夫から言われているからだ。

それから、洗濯物をたたんでしまう。

そうこうしているうちに、お風呂の順番が回ってくる。なので、入る。

お風呂から上がったら、毎日日記をつけている。その日あったことだけ書いているのだが、今年の日記帳は5年間日記と言って、一ページに5年分の日記が書けるようになっている。

後は、本を読んだり、スマホのゲームをしてみたりして、眠たくなるまで過ごす。

でも、そんな日は訪れず、仕方なく10時ごろ睡眠薬を飲んで寝る。

朝は遅くて8時ごろ起きる。目が覚めるのがその頃なのだ。洗面をして夫が作ってくれた朝食を食べる。そこまでは、毎日の繰り返し。

暇があったら、こうしてパソコンに入力する。これが一番楽しい時間。私のライフワーク。もうすぐ、ページが終わってしまうのが悲しい。いつまでも、いつまでも書きたい。

そうでない時は、今はデイケアに行っている。様々なプログラムの中から、好きなものを選んで行っている。

今は、月曜日はヨガや太極拳、火曜日は卓球をしている。木曜日は洋裁の日で、テディベアを作った。今はスマホケースを作っている。

金曜日はゆるビクスと言って、体操をしている。ほとんど半日しかいない。1日9時半から3時半までいるのは疲れるので、半日だけ行っている。例えば9時半から12時半までとか、12時半から3時半までとかである。

午前のプログラムを取った時は昼食も取れるようになっている。それで、410円。

今日は水曜日で、何のプログラムもないのでこうして書いている。

「デイケアが楽しいか?」と聞かれると、プログラムをやっている時は楽しい。が、休み時間が暇である。今は、デイケアに置いてある漫画の本を読んでいる。

なかなか、デイケアで友達が出来なくて困っている。話し相手がいないのだ。4月に入ったから、もう半年にもなるのに情けない限りである。

でも、何を話してよいか分からない。

これからは、塗り絵を持って行って塗ることにしよう。

令和6年9月19日

「平成27年（2015年）6月8日」に書かれていたもの。

この世でもっとも大切なこと。それは、ルックスでも年齢でもなく、一番は健康だと思う。

今度中学1年になったばかりの息子が耳が悪いことが分かって、主治医から耳の手術を受けないといけないと言われた。ショックだった。

今、中学3年生の娘も幼い頃二度も入院して命拾いしたけれど、今度は息子まで手術して入院しないといけないとは、あまりにもかわいそうである。息子もその話を聞いて不安がっており、しかし、私には『お母さん、入院することになったら好きなテレビ番組が観れないんだよね』とチンプンカンプンの心配をしていた。

私はというと、もし手術が失敗して聴覚障害にでもなったらどうしよう、という不安に取りつかれていた。

どうして、神様、仏様はこうも次から次へと難題をふっかけてくるのだろうと、苛立ちさえ感じていた。

ある日のこと、気功教室へ行って気功の先生のお話があった時、先生がこうおっしゃった。『人生、吉と出るか凶と出るかは自分次第ですよ。吉にしたかったら、努力を惜しまずずっとやり続け、その自分を信じることです』と。

私は、この本を出版するのに迷っていた。

夫はどう思うだろうか？　両親は何と言うだろうか？　子どもたちの反応は？　などなど、考えれば考えるほど暗くなり、出版を諦めることを考えていた。

でも、私本来のメインテーマである『障がい者に対する偏見の目をなくすこと、そしていろいろな民族や宗教の人たちと共存共栄し助け合うこと』につながるのではないか、と思われたので、出版社の方の支えで少しずつ執筆を続けてきた。

この本は、私の体の一部であり財産でもある。この本を読んでいただいて、日本中の方々が偏見の目をなくし、作業所という安い工賃しかもらえない場所で一生懸命働いておられる姿を想像していただきたいのである。

人生は自分次第。


そして、今、自分には障がい者の方々に何が出来るかを考えていただきたい。

ぜひ、自分や自分の愛する人のことのように接してほしい。

そして、健常者であることがいかに恵まれているかを知ってほしいのである。


私は、40代の初めから障がい者になった訳ではない。

それまでは、双極性障害という病気と上手く付き合ってきた。そうして、仕事もしていた。

子育てもしていた。家事もしていた。

しかし、仕事を辞めるきっかけとなったパニック障害が、私を本物の障がい者にしてしまった。

パニック障害になったのも、産業医や、課長や、同僚と相性が悪かったからだ。

何をやっても、何を言っても、良いほうには向かなかった。それより、どんどん遠のいていった。

もう限界だった。体も、心も、心身ともに限界となった。

それからは、転がるように精神障がい者の道をまい進した。もう、健常者のようには戻れなくなっていた。

何度も入退院を繰り返して、家族に迷惑をかけ、両親を心配させた。最低の人間になり下がった。

過去の健康だった頃が懐かしかった。

今も、健康だったらどんな仕事に就いているかなと思う時がある。夢でも仕事をしている夢を見る。それだけ、仕事というものに執着している証拠だろう。

専業主婦なんて、なんてつまらないんだろう。そりゃ、上司から怒られることもないし、同僚と比べられることもないし、後輩に追い抜かれて悔しい想いをすることもないだろう。でも、仕事をしていないと、何のために生きているのか意味が分からない。だから死にたいとなる。

死にたいというより、いつ死んでもいいといったところか。もう、思い残すことなんて何にもない。

会いたい人はいる。友達に会いたい。

でも、遠くて無理である。

せめて、父の面倒を看て、最期を見届けてから死にたい。

この本が出来てしまったら、私は本当に何もすることがなくなる。寂しい。

私の高校の時の進路の夢は、出版社だった。

それを貫いていたら、今頃は楽しく過ごしていただろうか。

障がい者になるということが、こんなにも辛く、悲しく、寂しいものだとは想像もしていなかった。

しかし、私よりもっと障がいの程度が重い方もおられると思うと、自分はまだ幸せなほうだと思っている。

これから先も、私はずっと障がい者の人生を全うしなければならない。治る見込みがないからである。

何をよりどころに生きてゆけばいいのだろう。

父が亡くなったら、もっとよりどころがなくなってしまう。

失う物ばかりで、得る物が何もない。

自堕落な生活をしていて、こんなんでは絶対に地獄に落ちるだろう。

でも、周りは何もするなと言う。

何かすると、負荷がかかって発病する確率が高くなるからだ。

周りに迷惑をかけてまでしなくてはならないことなんて、何もない。

デイケアを楽しんで1週間を過ごすのが、今の私の精一杯出来ることかもしれない。

自分のことなのだから、もっと自分を楽しませる生き方を考えよう。

令和6年9月20日

そうは言っても、悪いことばかりではなかった。

デイケアで知り合った統合失調症の女性とは無二の親友になれた。

また、おなじ病院のデイケアで知り合った女性とも、ピアカウンセラーの講座で知り合った女性とも仲良くなれた。

毎月4人で食事会をしたり、旅行にも行った。

これはまだ話していなかったが、障がいの程度は全く違っていても身体、知的、精神のいずれかの障がいをかかえている人たちだけでカウンセリングを行うことをピアカウンセリングと呼ぶ。

普通のカウンセリングと違って、集団で行う。リーダーとサブリーダーがいて、その人の指示に従う。そうやって5日間くらいの研修を行った者がピアカウンセラーになれる。インターネットを使って調べると、全国どこででも行っている。この資格を取れるのは精神、身体、知的に障がいのある者だけだ。

もう一つ、障がい者には資格がある。

それは、ピアサポーター（同じような障がいのある人の相談相手になったり、支援したりする活動をする人）と言う。

これも、2日間の研修を修了した者だけがピアサポーターの資格を得ることが出来る。ピアサポーターの役割は、都道府県でずいぶんと違うので、一概には言えない。

県の障がい者や福祉関係の部署に聞くのが一番良いと思う。

私も一応研修を受けたが、少しの間だけ活動をして、今は活動は行っていない。主治医が活動することを止めたからだ。

この資格は、本人だけでなく、受け入れてくれる施設や主治医が深く関わってくるので難しい。

しかし、障がいのある人なら、一度は調べてみるのも良いかもしれない。

このピアサポーターの活動で知り合った女性がいるが、今は親友である。

障がいは一つの個性なのだと言った人がいた。

だから、引け目を感じることなく行動すれば良い、と言われた。

そう思って見てくれる人が大勢いたら、どんなにか暮らしやすいだろう。

発達障がいだって、子どもも大人もいる。

それを排除しないで共存してくれれば良いが、他の人の迷惑だからと目くじらを立てる人がいる。

どうして、日本人は、みんなと同じが良いのだろう？

他人と違っていてはいけないのだろう？

昔の村社会の名残なのか？

遺伝子がそうなのか？

今は多様性を求められている時代ではないのか？

私は健常者だった頃もあったので、健常者と障がい者との決定的な違いがよく分かる。

それは、障がい者は、健常者とは同じことが同じように出来ないということである。

悔しいけれど、脳の疾患は、他の部位の疾患とは大きく違う。

今まで出来ていたことが、全く出来なくなるのである。

そのショックはとても大きい。

覚えられたことが覚えられない。

薬の力を借りないと、正常ではいられない。

それでも、懸命に生きているのである。

生かされているのである。

生きていることに意味があるのである。

生きている喜びをもっともっと感じなくては申し訳ない。

そう考えた私は、趣味を増やすことにした。

介護している父にもなにかしら良い影響のある趣味、それは、「塗り絵」。

父がどんな反応を示すかまだ分からないが、父のために一生懸命塗り絵をしようと思う。

出来れば、父にも塗ってほしい。

パーキンソン症候群は次第に認知症になる恐れがあるらしいから、それを防ぐためにも
私の塗り絵を見てほしい。

私が唯一なりたくない病気、それは認知症。

想像を絶するので、想像したくない。

皆さんの周りには、一度もメンタルを崩したことがないと言う人は何人いるだろう？

黙っているけど、更年期障害とかでごまかしているけど、本当はもう限界の人がたくさんいるんじゃないかな。

本人がそうでなくても、家族がそうだ、友人がそうだと言う人はかなりの確率でいると思う。

そんな時、どういう言葉が嬉しいと思う？

私だったら、「そんなこと、気にすることじゃないよ」と言われたい。

デイケアは障がい者の集まりだから、皆何らかの疾患がある。だから安心出来る。

でも、初対面の人に、「私、双極性障害とパニック発作があります」とは言いにくい。

なんだか、引かれそうで怖い。

その空気がなくなる社会を目指したい。

人権週間って何？　って思う。

未だに、そんなことやってるなんて、まるで、一人一人の人権は守られていませんよ、と言われているようで嫌だ。

そんな週間なくったって、別に構わないのに、まだ、言いたい人がいるんだなと思う。

もういいよ。認めてくれなくても、もういいよ。

私は、強くなりたい。へこたれないような強靱な心が欲しい。

そうして、もう、健常者に戻りたいなんてこと思わないような心でいたい。

障がい者になれて良かった、とは、一生かけても言えないけれど、悪くはなかったくらいの強がりは言わせてほしい。

私の未来が障がい者になると分かっていたら、と考えることがある。こんなに辛いなんてどうやって知らせればいい？

だから、書いた。こうやって書いた。

少しは伝わったかな？

令和6年11月19日

私の知人が、ある物を紹介してくれた。

それは、「オープン・ダイアローグ」と言う。

発祥は1980年代フィンランドで、対話によって改善を図る、精神的に困難を抱えた人のための治療法だ。

原則として、「その人のいないところで、その人の話をしない」「1対1ではなく、3人以上で輪になって話す」などがある。

私も興味を持ったので、オープン・ダイアローグに関する本を買い求め、今読んでいるところだ。

その精神療法は、薬も使わず、精神状態の悪い人を監禁せず、とにかく、いろんな人たちが輪になってその人の話を聞いたり、質問したりするようだ。

詳しく知りたい方は、検索していただきたい。

今の日本では、発症したらすぐに病院へ連れてゆき、何らかの病名を付け、軽い人なら精神安定剤を出して様子を見る。

重い人は、最低3か月は閉鎖病棟に監禁されて、大量の薬を飲まされ、薬物療法のみ行われる。患者の意見なんか一切聞く耳を持たない。

そうして、精神障がい者というレッテルを貼り、異常な目で見る。一生治らないとも言われる。

本当にそうなのか？

オープン・ダイアローグは、今までの常識をひっくり返す。そうして、患者を一人の人間として大切に扱ってくれる。

これからの日本も、この治療法を大いに取り入れて、時間はかかるかもしれないが、薬物療法に頼るのをやめてもらいたい。

人権を取り戻してほしい。

この治療法を紹介してくれた知人は、今すぐにでもフィンランドに行きたいと言っていた。その気持ち、よく分かる。

精神障がい者になったら、人間扱いされない日本なんか、遅れていると思う。

おわりに

このお話は実話です。

でも、一つのケースに過ぎません。

障がいを抱えておられる方々は、皆それぞれのドラマを持っておられます。

健常者の方は、そんなドラマを深く知ることは難しいと思われます。

でも、障がい者の健気で懸命な努力があることを知っていただきたいのです。

そうして、今健常者でも、いつ障がい者の立場に立たされるかは分からないということも知っておいていただきたいのです。

私は健常者と障がい者を隔てている壁がいつかなくなる日を切に願っております。

最後になりましたが、長い間原稿が出来上がるのを静かに待ち続けてくださった文芸社のスタッフ様方にお礼を申し上げたいと思います。

本当にどうもありがとうございました。

著者プロフィール
稲田 聖子（いなだ しょうこ）
福岡県の県立高校を卒業後、山口大学農学部獣医学科家畜微生物学研究室を卒業。と同時に、獣医師免許を取得。その後、地方公務員を17年間勤める。地方公務員退職後は、動物園や子ども食堂、竹林問題、障がい者対策など多種多様のボランティア活動を行う。また、独学でペットセラピスト、ペット看護師、動物介護士、動物介護ホーム施設責任者の資格を取得。現在は、デイケアの日々である。

〈著書〉

『ある獣医師のひとりごと』2022年、文芸社

イラスト協力会社／株式会社ラポール イラスト事業部

双極性障害（躁うつ病）の私のつぶやき

2025年４月15日　初版第１刷発行

著　者　稲田 聖子
発行者　瓜谷 綱延
発行所　株式会社文芸社
〒160-0022 東京都新宿区新宿1－10－1
電話 03-5369-3060（代表）
03-5369-2299（販売）

印刷所　TOPPANクロレ株式会社

Ⓒ INADA Shoko 2025 Printed in Japan
乱丁本・落丁本はお手数ですが小社販売部宛にお送りください。

送料小社負担にてお取り替えいたします。

本書の一部、あるいは全部を無断で複写・複製・転載・放映、データ配信することは、法律で認められた場合を除き、著作権の侵害となります。

ISBN978-4-286-23963-7